JULIEN

SUIVI DE

L'HISTOIRE D'UN BOUDOIR,

RACONTÉE PAR LUI-MÊME ;

PAR Mme ACHILLE COMTE

(Ve LAYA),

Auteur des TROIS SOEURS, de JEUNE ET VIEILLE, etc., etc.

TOME PREMIER.

Paris,

LIBRAIRIE DE CHARLES GOSSELIN,

Éditeur de la Bibliothèque d'élite,

RUE SAINT-GERMAIN-DES-PRÉS, 9.

MDCCCXLI.

JULIEN.

1.

. . . . Que tout cela ressemble peu au vieux château de ma tante et aux habitants. . .

JULIEN

SUIVI DE

L'HISTOIRE D'UN BOUDOIR,

RACONTÉE PAR LUI-MÊME ;

PAR MME ACHILLE COMTE

(Ve LAYA),

Auteur des TROIS SOEURS, de JEUNE ET VIEILLE, etc., etc.

TOME PREMIER.

PARIS,

LIBRAIRIE DE CHARLES GOSSELIN,

ÉDITEUR DE LA BIBLIOTHÈQUE D'ÉLITE,

Rue Saint-Germain-des-Prés, 9.

MDCCCXLI.

JULIEN.

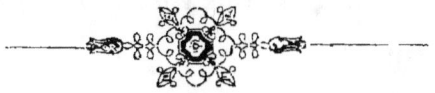

CHAPITRE PREMIER.

— Que les hommes sont heureux ! disait Augustine à son frère, un soir où tous deux revenaient d'un bal. Oh ! que les hommes sont heureux !... Toi, Julien, tu t'amuses partout ; au bal , par exemple, tu n'attends pas qu'on vienne t'inviter, attente vaine qui si souvent désole les filles.

— Que veux-tu, ma sœur, répondit Julien ; on ne fait danser que les jeunes filles ou les jeunes femmes, tu n'es ni l'une ni l'autre ; il faut prendre ton parti en bonne vieille fille...

— Vieille fille, monsieur, vieille fille ! Qu'avez-vous dit, quel horrible mot ! Quelle injustice ! Est-ce que vous vous trouvez un vieux garçon, vous ?

— Moi ? Ah ! par exemple, c'est à peine si je me crois au monde.

— A la bonne heure ; car j'entendais ce soir dire autour de moi : « C'est le jeune de Bristanne : qu'il est bien ! c'est dommage qu'il passe pour un mauvais sujet. — Ah ! répondait-on, il est si jeune ! » Ainsi je ne puis pas être vieille, si tu es jeune ; car, mon bon Julien, mon frère bien-aimé, nous sommes nés le même jour ; tu sais que la loi t'accorde sur moi le droit d'aînesse ; et en cela mon amour-propre est assez flatté.

— Eh bien, ma chère Augustine, les lois n'empêchent pas plus que la nature que tu ne sois une fille très-mûre, moi un jeune fou.

— Pour fou, çà n'est pas douteux, dit Augustine un peu piquée.

Julien vit qu'il avait affligé sa sœur ; il n'était pas méchant Julien, il chérissait sa sœur, mais il jugeait ses trente ans sonnés sur sa tête, comme les glaces d'un hiver que le printemps ne ferait plus disparaître ; et il croyait agir en véritable ami en cherchant à détruire les illusions qu'Augustine conservait sur sa jeunesse.

— Prends ton parti, ma bonne sœur, lui disait-il ; tu es charmante, tu es excellente, tu es presque parfaite ; mais je doute que maintenant tu doives songer au mariage. Est-ce donc un si grand malheur de ne pas se marier.

— Ne pas se marier ! répond Augustine avec des lèvres pâles. Moi !... ne pas me marier ; oh ! ciel !... Oui, oui, c'est un malheur, c'est le plus cruel qu'une fille puisse avoir. Vous en parlez à votre aise, vous, monsieur, qui vous marierez quand vous voudrez.

— Moi ! répondit Julien avec un cri semblable à celui qu'on jette si l'on est surpris par une douleur imprévue, moi me marier ! oh ! jamais !

— Vraiment, et pourquoi cela ? dit Augustine étonnée.

— Pourquoi ?... Il y a cent raisons pour me décider : d'abord, prendre une femme au sérieux me semble une bizarre plaisanterie ; et puis, livrer sa destinée à un être faible et sans raison qui nous fait faire des folies où manque la gaîté ; qui nous garrotte de ses petites mains, embarrasse notre marche, arrête l'essor de notre imagination, rétrécit nos idées en les associant aux siennes, éteint en nos âmes le feu sacré de la gloire pour y allumer le flambleau de l'hymen, lumière terne qui bien rarement éclaire de grandes actions ; les héros ne se trouvent pas sous le poids des chaînes !

— Ah ! mon frère, dit Augustine, tu veux devenir un héros ?

— Je veux au moins fuir un état où il s'en rencontre très-rarement.

— Soit, disait Augustine, qu'il reste célibataire, puisque c'est pour sa gloire; mais moi, je n'ai pas de gloire à espérer en restant fille! Oh! que les hommes sont heureux!

C'est ainsi qu'Augustine, à trente ans, gémissait sur son sort, et que Julien se réjouissait, au même âge, de sa vie de jeune homme. Trente ans sur la tête d'une femme sont donc un terrible fardeau? Eh! bon Dieu! c'est le titre de fille qui vieillit une femme, et non pas les semaines qu'elle compte : de vieille qu'on la trouve aujourd'hui, on la fera jeune demain, si un homme vient à son aide pour poursuivre la vie. Il semble que, sans un homme à côté d'elle, une femme ne puisse marcher; il semble que la nature ait créé l'homme et la femme pour faire voir d'un côté ce que la force donne de puissance; de l'autre, ce que la faiblesse donne de grâce. Si une cruelle nécessité veut

qu'une femme s'appartienne, on la fait vieille
tout d'abord, pour l'empêcher de compter ici-
bas pour quelque chose; et, pour la frapper
de cette espèce de réprobation, il suffit de
quelques années de plus sur sa tête.

A vingt-cinq ans, la beauté d'une fille est
appréciée et reconnue; on la recherche, on la
désire, on lui rend hommage en tout, on reconnaît ses talens, son esprit est jugé vif ou
gracieux; son caractère est charmant, sa tournure est ravissante; il ne manque rien à cette
femme, pour être parfaite, qu'un mari; et ce
mari, elle le rencontrera, on le lui prédit autant qu'on le lui souhaite. Cinq années se
passent dans une pénible attente. — Oh! alors,
ce n'est plus une demoiselle, car elle a cessé
d'être une jeune personne; c'est une fille, une
vieille fille. Elle perd, par ce titre que la société lui jette, toutes ses qualités; sa beauté a
disparu, son esprit est devenu faux, ses talens
nuls, son caractère ridicule; on ne fait aucune

attention à son savoir, devenu inutile, puis-qu'elle n'aura point d'enfant à élever. Ce titre de vieille fille la sépare de cette société qui, cinq années avant, la comptait encore au nombre de ses membres les plus recherchés ; ces cinq années la vieillissent de plus d'un siècle, de plus de mille siècles, si l'on pouvait les vivre : ces cinq années la rejettent hors du monde, la frappent de mort morale. Cette so-ciété bizarre, ne pouvant lui exprimer les pré-ventions barbares autant qu'injustes qu'elle a contre elle, la flétrit de cette épithète qui glace le cœur de ces pauvres victimes, plus blessante même, par le sentiment de pitié qui l'accom-pagne, que ne serait une injure grossière. Oh! oui, en effet, elle deviendra vieille, cette jeune femme; elle deviendra laide, cette belle femme! Quand le monde l'aura stygmatisée, son ima-gination se flétrira comme les roses de son teint, un voile de tristesse l'enveloppera tout entière, et cela en peu de temps, parce qu'une

pensée pénible et prédominante, gravée au fond
de son cœur, y desséchera les germes de bonheur qui voulaient s'y développer : cette pensée
amère , je ne me marierai pas!

Eh! pourquoi , se demandait Augustine ,
pourquoi me condamner au célibat; ne suis-je
pas aujourd'hui ce que j'étais il y a si peu d'années! Car enfin , pour être une vieille fille, je
ne suis pas une vieille femme; mon cœur bat
au sourire que je vois adresser à ces filles qui
n'ont pas encore touché l'instant fatal, à ces
femmes qui l'ont passé; un mot d'amour trou-
verait un écho aussi puissant et aussi pur dans
mon âme que dans leur cœur, et y porterait
une joie aussi bienfaisante. Ces trente années
ont-elles gâté ma taille? non : elle est svelte et
élégante, mes cheveux sont beaux, et mes yeux
ne manquent pas d'éclat; quand je quitte mes
tristes pensers , on me donnerait vingt ans!
Alors elle posait une rose sur ses cheveux, et
prenait, pour se parer, les atours de la pre-

mière jeunesse; le monde qui la voyait ainsi, déguisait mal, sous un sourire moqueur, la pensée malicieuse qu'on attachait à son goût, et les mots de coquette et de mari sortaient de toutes les bouches.

La pauvre Augustine reprenait ses tristes pensées, mais elle regardait avec dédain, à son tour, cette société qui la proscrivait; la jalousie alors s'emparait de son cœur, à la vue de ces femmes si fières de leurs dix-huit ans; de ces autres femmes plus fières de leurs maris, qui les faisaient jeunes. Elle cherchait dans les jeunes filles et dans les femmes ce qui justifiait leur bonheur, et partout elle voyait le hasard agir plus que la justice.

— Je suis aussi bien qu'elles toutes, disait la pauvre Augustine. Et d'ailleurs, ajoutait-t-elle, avec dépit, si j'avais voulu, je serais ma-riée......

— Il est très-peu de femmes qui soient sûres d'avoir été aimées sincèrement, il n'en est pas une qui ne suppose avoir allumé quelque passion, et à l'aide de leurs souvenirs, elles ont toujours quelques circonstances qui leur permettent ce mot consolant. « Si j'avais voulu. » Mais elle n'avait pas voulu, et comme toutes les filles trop ambitieuses d'amour ou d'argent, dans leur jeunesse, elle ne voyait plus rien se présenter pour la conduire au but du mariage, au moment où elle eût donné à un sentiment tendre tout le charme d'une passion et à une aisance modeste, l'attrait de l'opulence. Cependant elle n'acceptait pas la raison de son frère, qui la faisait vieille, tandis qu'il était jeune, jeune à ses yeux et jeune au jugement de tous. En effet, ces trente ans si redoutés pour les filles, n'est-ce pas pour un homme le plus bel âge de la vie? C'est à cette époque seulement que les facultés se développent larges et grandes; son esprit se dégage alors de cette fumée que le feu de la première jeunesse exhale autour de lui, et purifiés des nuages qui les ont enveloppés jusqu'alors, sa jeune imagination, son esprit se montrent clairs et brillans. L'homme enfant fait place à l'homme mur; ses idées prennent de la gravité sans perdre de leur fraicheur. Sa jeunesse brille dans son langage comme dans ses traits; mais les pensées plus graves s'expriment avec moins de légèreté, déjà il semble tenir à la société par des liens plus solides, ces liens se formeront plus sacrés de jour en jour, si, de jour en jour, il se rend digne de l'estime que la société veut lui accorder; car, à son tour, cette société aura besoin de ce nouveau membre qui marche vers elle; elle l'accueillera, elle le protégera, jusqu'au jour où elle lui assignera la place qu'il sera digne d'occuper. Alors, devenu frère et rival des hommes de bien, il s'ouvrira pour lui de nobles luttes où ses triomphes trouveront des sympathies, et ses revers des consolations, malgré l'envie et la jalousie de ceux qui, n'ayant rien fait pour mériter l'estime des hommes, ont recours à l'intrigue pour les occuper d'eux.

Mais, nous l'avons dit, cet âge si heureux, si plein d'avenir pour l'homme, est, pour la femme isolée, un but où viennent se briser toutes ses espérances.

Ainsi, disait Augustine à son frère : — Tu crois que je ne trouverai plus de mari?

— C'est douteux.

— Et toi tu trouveras une femme?

— Quand je voudrai.

— Et tu n'en veux pas?

— Avant dix ans je n'y veux pas penser.

— Et, dans dix ans, tu seras assez jeune pour te marier?

— Certainement!

— Que feras-tu d'ici là?

— Ce que je fais.

— Que fais-tu?...

Julien sourit. Il tira de sa poche un cigare, avant de l'allumer il embrassa Augustine, et

présentant avec grâce l'extrémité de sa ciga-
rette à la bougie, il se hâta de sortir, pour ne
pas déplaire à sa sœur qu'il aimait, malgré ses
goûts *comme il faut*.

Augustine rentre seule dans son appartement; il est tard et l'agitation de la soirée
l'empêche de désirer le sommeil; elle jette les
yeux sur une glace placée au-dessus d'un canapé, sa toilette lui rappelle qu'elle revient du
bal. Elle ne rapporte aucun souvenir de cette
soirée où tant de femmes paraissaient joyeuses;
deux ou trois fois on l'a appelée *Madame*, c'est
tout ce qu'elle sait de ce qu'on lui a dit. Elle
regarde autour d'elle, personne; elle veut descendre dans son cœur, personne encore; oh!
dit-elle en versant des larmes, je suis bien
malheureuse!.... Ses pensées l'absorbent, elle
tombe sur le canapé qui est près d'elle et le
sommeil ferme ses paupières. Un rêve s'empare de son esprit. Elle voit un homme jeune
et beau à ses pieds. Elle est transportée avec

lui dans un monde fantastique, elle entend
sortir de sa bouche ce mot tant désiré, elle voit
l'autel de l'hymen les attendre tous deux. Au
moment de partir et d'être au comble de leurs
vœux, un grand bruit se fait entendre, la porte
du salon s'ouvre violemment, un jeune homme
paraît. — Qu'est-ce, s'écrie Augustine saisie de
terreur et d'étonnement. Un instant lui suffit
pour se remettre et pour reconnaître, dans le
jeune héros de son rêve, un jeune homme qu'elle
a vu souvent avec Julien; il vient l'avertir que
son frère, blessé dans une querelle d'*amis*, va
revenir chez elle, recevoir ses tendres soins.

Augustine jette des cris d'effroi.

—Calmez-vous, dit-il, ce n'est rien ; un bras
cassé, voilà tout. Nous étions trois contre dix,
j'ai eu moi-même le poignet foulé.

—Grand dieu, dit-elle, ce n'est rien! le bras
cassé, mais c'est affreux! c'est horrible !

— Oh oui, reprend le jeune fou en se pen-
chant vers Augustine, et lui envoyant un soupir

qui exhalait son âme au travers d'un nuage de tabac, oui, ce serait horrible si c'était un joli bras comme le vôtre, un bras arrondi, satiné comme celui que je vois sous ces mitaines élégantes, mais un bras d'homme, un gros vilain bras comme celui de Julien.

— Ah ! monsieur, arrêtez, c'est d'un bien mauvais cœur de rire ainsi du malheur d'un ami.

— D'un ami, pour qui je donnerais ma vie, mademoiselle, pour qui je me suis foulé le poignet.

— Monsieur finissez vos plaisanteries; où est mon frère? répondez je vous prie?

— Il est sur mes pas, on vous l'apporte.

— Oh ! mon dieu, que faisait-il donc à cette heure?

— Le jeune homme regarde Augustine, un fou rire s'empare de lui. Ah ! par exemple, dit-il, je ne puis vous expliquer cela, ça n'est pas possible, parole d'honneur....

L'arrivée de Julien mit fin à l'embarras que pouvait avoir l'historien en défaut, et permit à la pauvre Augustine de donner ses soins au seul être qui l'intéressât au monde; un chirurgien habile remit le bras de Julien, et le confia aux soins intelligents et empressés de sa sœur.

Augustine s'établit près de lui nuit et jour, elle se fit sa garde-malade, et, pour cette mission douloureuse, elle trouva dans son esprit des ressources imprévues. Elle, jetée sur la terre par une mère mourante, orpheline avant d'avoir balbutié le nom d'un père, ayant pour compensation unique de tout ce que la nature lui avait refusé dès son berceau, et de tout ce qu'elle lui refusait depuis sa jeunesse, un seul être né à côté d'elle le même jour, à la même heure : avec lui elle avait appris à vivre, à aimer ; elle allait apprendre par lui, qu'elle pouvait être nécessaire au monde.

Oh! qu'elle était heureuse, lorsque près de

son malade chéri, une idée ingénieuse et bienfaisante venait adoucir les souffrances de son
frère, et que Julien lui disait d'une voix, que
sa faiblesse rendait plus tendre : *Merci ma
bonne sœur.* Comme son cœur battait de joie,
comme ses nuits, sans sommeil, lui semblaient
heureuses ; soutenant la tête de son frère dans
ses bras, veillant pour lui donner un doux
sommeil, comme elle jouissait de ce repos
qu'elle faisait aux dépens du sien ; et quand
Julien s'inquiétait, à son tour, des fatigues
qu'elle prenait pour lui, comme elle était heureuse de voir un être s'intéresser à elle.

— Oh ! non, disait-elle, je ne dors pas, et
cette insomnie m'est chère. Ah ! c'est quand
je suis seule, c'est quand personne ne voit
que je ne dors pas, que je suis malheureuse
de ne pas dormir. Oh ! que les nuits sont longues alors, et que les jours qui les suivent
sont tristes et cruels !....

Mais, occupée d'un objet chéri, les journées

s'écoulent sans qu'on pense à compter les heures, et les nuits ne se font pas sentir!... Mais cet intant de bonheur pour Augustine était dû à un événement extraordinaire; les suites de cet événement devaient avoir un terme, et, quoiqu'elle jouît à sa manière du malheur arrivé à son frère, elle hâtait de tout son pouvoir l'instant de sa convalescence. Julien, alors moins souffrant, deviendra sans doute moins affectueux pour elle; car elle lui deviendra de jour en jour moins nécessaire. Le docteur n'ayant plus ordonné à son malade le silence et la retraite, sa porte s'ouvrit à la troupe d'écervelés qui l'entourait sans cesse. Augustine quittait rarement le chevet du lit de son frère; aussi était-elle témoin des folies qui s'y débitaient. C'était, sur toutes les femmes un peu connues, des contes scandaleux : leurs intrigues vraies ou fausses étaient racontées sans aucun ménagement; cent réputations étaient, en moins d'une matinée,

compromises ou perdues, avec la légèreté qu'on
aurait pu mettre à les réhabiliter ; pas un mot
d'éloge n'interrompait ces récits odieux, et
tous ces propos créés pour faire battre ou
tuer des hommes, et pour les couvrir de mépris, étaient jetés avec une gaîté si folle, qu'on
eût cru plutôt à des acteurs voulant faire rire
un public, qu'à des hommes du monde racon-
tant des faits sérieux. Sérieux ? mais rien n'est
sérieux pour ces hommes qui ne croient à rien ;
qui ne reconnaissent ni vertu ni vice, ni faute
ni crime ; qui pensent que rien n'est bien, que
rien n'est mal ; que le hasard a tout fait, depuis
les mondes jusqu'à eux ; que l'intelligence, la
pensée, le génie sont de la matière, et que tout
cela ne mérite pas plus d'égard et de respect
que la matière elle-même. Les sentiments nobles, la gloire, l'amour sont autant de folles
pensées, qui n'ont d'échos que dans les têtes
à idées étroites ; et l'intérêt des réputations,
et l'honneur des familles, ne sont compris que

des gens mesquins et bourgeois. Pour eux, il n'y a qu'une chose qu'ils reconnaissent vraie, c'est la vie, et cela parcequ'ils ne peuvent nier qu'ils marchent. Cette certitude les mène à croire qu'il n'y a dans ce monde qu'une chose importante : c'est de vivre; aussi cherchent-ils à prouver à tous que ce qu'on a de mieux à faire, c'est d'abandonner toutes les chimères qu'on a baptisées travail, réputation, gloire, dignité, position sociale, pour ne faire qu'une chose : vivre! Leur théorie avait attiré Julien à eux, et, sans s'en douter, sans le vouloir peut-être, il usait chaque corde sensible de son cœur; mais il vivait suivant les sophismes du jour, et la déesse de tous les siècles, la mode; puis il se croyait libre, car pas un devoir ne réclamait une heure de sa vie; ce qui n'empêchait pas qu'il se laissât entourer du matin au soir, et du soir au matin, par cent tyrans, sous le nom d'amis. A peine Julien avait-il les yeux ouverts, que des che-

vaux étaient sellés à sa porte pour une partie
imprévue : on le réveillait, on le heurtait,
on le tourmentait, il fallait obéir ; venaient
ensuite les dîners, les spectacles, les soupers,
le jeu; puis les affaires moins gaies : les
billets à ordre, les lettres de change à en-
dosser et à payer ; les jalousies, les rivalités,
les querelles, les duels, enfin les bras cassés
en attendant mieux, et tout cela pour avoir,
au milieu de son entourage, une allure digne
des fous qui le composaient; il avait dû embras-
ser la folie, sans ce parti il eut passé pour un
sage, et c'était le titre le plus flétrissant qu'il
put avoir. Plutôt que de mériter cette injure,
il vaudrait mieux se ruiner trois fois, vivre
de dettes et se tuer. Dans ce monde à part, un
suicide place un homme en haute mémoire ;
il s'est tué parce qu'il végétait, il a bien fait.
Vivre avec quelques écus que l'on compte, et
que l'on épargne, c'est mourir chaque jour.
Des plaisirs ! des plaisirs encore! Du vin, de

l'enivrement, et un coup de pistolet pour éviter la misère, voilà ce qui s'appelle finir gaî-
ment la vie.

Quant à l'amour, ces hommes s'en moquent;
c'est un tyran qu'ils ne connaissent pas, ce qui
n'empêche pas que le tyran les connaisse, et
qu'il prenne, à leur insu, mille formes pour les
enchaîner. Chaîne facile à rompre! car pas un
anneau rivé ne les attache; mais elle veut, à
chaque rupture, un sacrifice; un sacrifice ma-
tériel, il est vrai, comme le sentiment qui le
commande. Mais qu'importe! ce n'est pas à la
femme qui aime, ou qu'on aime, que l'on donne
un bouquet, un châle, un diamant; c'est à soi-
même qu'on fait cadeau d'une sensation nouvelle; c'est un changement à vue qui amuse
les yeux sans aller à l'esprit; c'est un plaisir
habillé de neuf, et c'est aussi un tourment qui,
par sa nouveauté, a du piquant et du charme.
Quitter une jalouse pour prendre une coquette;
voir à celle-ci succéder une prude, et, pour se

reposer, prendre une sotte; de la sotte aller à la pédante, de la pédante à la passionnée; goûter un instant de l'indifférente, et essayer de la mélancolique, puis de la capricieuse, de la bavarde, de la silencieuse; poursuivre la grisette au paradis Saint-Antoine, et la grande dame aux premières de l'Opéra, voilà ce qu'on dit une existence d'amour bien employée, bien complète; et cependant le cœur est resté bien froid, bien indifférent, on n'a éprouvé aucune sympathie; mais la vie a été bien tourmentée, bien agitée..... Alors on a vécu.

C'est ainsi que vivait le frère d'Augustine; le matin il était la proie des fous, le soir la victime des folles; et esclave de toutes parts, il ne voulait pas reconnaître son esclavage, parce qu'il n'avait pas signé l'engagement d'appartenir à un être qui lui appartiendrait. Il se prêtait à tous pour rien, et ne voulait pas se donner pour quelque chose. Enchaîner les hommes en secret, est donc le moyen de les rendre heureux ; faites qu'ils se croient libres, et d'eux-mêmes ils riveront leurs chaînes.

La maladie de Julien avait, pour un temps, changé ses habitudes. Forcé de rester à la même place, il oubliait qu'il obéissait à une nécessité. Il lisait , sa sœur travaillait près de lui, ou , lorsqu'il était fatigué de lire , Augustine continuait , avec sa douce voix , la lecture que Julien avait commencée.

Julien écoutait avec plaisir sa sœur, et quelquefois il se surprenait à dire :

— Une femme est vraiment bonne à avoir près de soi , quand on est malade.

Mais il était peu livré à ces réflexions sages ; ses bons amis ne l'abandonnaient pas. Parmi les hommes qui venaient le plus souvent voir Julien , il en était un que celui-ci traitait avec cette familiarité méprisante, qui donne du protecteur et du protégé une idée peu favorable.

Cet homme était un composé bizarre de manières triviales et singulières ; il entrait dans

son langage des phrases communes et des
mots choisis ; on eut dit que, par hasard, il
avait quitté les tabagies pour les salons ; on
devinait que les bas étages lui étaient fami-
liers, que parfois pourtant il avait pu se trouver près des grands. En effet, l'existence de
cet homme offrait des contrastes. Né d'une
mère sans aveu, il avait été recueilli par un
grand seigneur. Là, il avait appris la gram-
maire avec le secrétaire de son maître, et le
service avec son valet de chambre. Protégé
d'abord, puis repoussé, rudoyé, jetté à la
porte, il avait eu recours à toutes les condi-
tions pour vivre ; on avait pu le voir courir les
rues en criant la nouvelle du jour ; puis, ven-
dre des contremarques aux portes des théâtres ;
puis entrer dans la salle pour soutenir le
drame nouveau. Poussé, par le hasard, chez
un grand personnage, il était devenu l'agent
des caprices et des passions de son maître ; là,
près de cet homme, il s'était accoutumé à

l'obéissance du plus vil des esclaves : pourtant
il se croyait de l'importance, parce qu'il s'était
cru dangereux. Journaliste de bas étage, il
jettait un instant sur tous la boue dont il était
couvert. Criblé de dettes et de secrets infâmes,
souvent il s'était sauvé dans le réduit obscur
d'un hôtel, pour échapper à la prison. Cependant on l'avait pu voir un jour suivi d'un
laquais en livrée, qu'il disait à lui ; mais il se
hâta de nier bientôt ce fait, en tendant la
main à une dupe nouvelle. C'était après avoir
épuisé toutes les ressources de la bassesse et
de l'intrigue que, tombé dans une maison de
jeu clandestin, il avait connu la jeunesse à la
mode, et s'était attaché aux pas de plusieurs
fashionables que le scandaleux récit de ce
qu'il avait vu depuis l'empire jusqu'à eux,
amusaient beaucoup. Souvent un bon mot lui
valait un déjeuner, et plus souvent encore il
achetait son dîner d'une vile complaisance ;
et ce nouveau genre de vie qu'il s'était faite,

le rendait encore à ses propres yeux un homme
d'importance. Il se croyait en droit de traiter
presque d'égal à égal ceux qui l'employaient,
et pourtant il était un objet de mépris pour
tous. Cependant ceux qu'il traitait ainsi le
supportaient; mais aussi ceux qui le supportaient eussent cherché en vain un laquais plus
bas, plus vil, plus soumis à leur volonté, et
en même temps un homme plus indiscret,
dont il fallait acheter le silence.

C'est une dette bien lourde que celle qu'on
contracte avec un complice. L'on ne peut pas
plus s'acquitter envers lui qu'envers un bienfaiteur; mais la reconnaissance paye à celui-
ci les intérêts qu'on lui doit, tandis que c'est
la crainte qui règle les frais de l'autre.

Du reste, pour ne pas mentir un instant à
son caractère, la jeune cohorte trouvait dans
ce misérable personnage un sujet de gaîté; ils
s'amusaient à en faire la carricature la plus
grotesque; chacun l'habillait de sa défroque;

ainsi rien n'était en harmonie dans son costume : il portait un pantalon à long poils, avec
un frac élégant; un gilet de satin brodé en
soie brillante, dessus une chemise de couleur.
Un cache-nez lui servait de cravate; l'hiver il
portait un chapeau de paille, et l'été un cla-
que ; il courait les rues crottées avec des chaus-
sons de danse, et quand elles étaient sèches,
ses pieds traînaient de lourdes bottes de chasse;
les pardessus lui arrivaient au mois de juin,
et les vestes de coutil en décembre; de façon
qu'il étouffait l'été et gelait l'hiver. Ses cheveux en désordre et sa longue barbe ache-
vaient d'en faire le personnage le plus repous-
sant qu'on pût voir.

Cet homme causait de l'effroi à Augustine,
et pourtant il multipliait les saluts et les con-
torsions respectueuses, lorsqu'il approchait
d'elle ; du reste, il était rare qu'Augustine
restât près de son frère lorsque ce personnage
arrivait.

Il avait toujours tant de choses à lui dire, et
il y avait tant de mystère dans ce qu'il disait !
Puis c'était des papiers, des lettres, des signa-
tures à recevoir. Cet homme eût été un procu-
reur, un notaire ou un intendant, et Julien eût
été son client ou son maître, qu'ils n'eussent
pas eu l'air plus affairés tous deux. Les conférences n'étaient pas longues, et il se retirait
toujours avec des assurances de démarches et
d'activité qui pouvaient faire croire à son zèle.

Cependant Augustine avait pour cet homme
une répugnance qui allait jusqu'à l'horreur ;
mais elle attribuait son antipathie au ton, aux
manières, à la mise sale et ridicule de cet
homme, plutôt qu'à son caractère qu'elle ne
pouvait juger, ne le connaissant pas ; ni mépriser, puisque son frère se confiait à lui.

Un jour où Julien allait beaucoup mieux,
Augustine s'absenta ; en son absence une
grande société s'était réunie autour du lit de
Julien : Augustine rentra et resta dans le sa-

lon qui précédait la chambre de son frère :
des éclats de rire foudroyans arrivèrent à elle;
afin de s'égayer aussi, elle s'approcha de la porte
pour écouter la conversation qui causait une
joie si vive. On parlait de femmes, de théâtre,
de jeu, de ruine, de désespoir, de suicide.
Chacun racontait son histoire : celui-ci avait
trompé une jeune fille, celui-là avait tué un mari, l'autre avait enlevé celle qu'il aimait, et celle
qui l'aimait gémissait mourante sur une terre
étrangère. Ici les éclats de rire pensèrent
étouffer quelques-uns ; une autre avait mangé
sa fortune en un mois, il s'était amusé comme
un fou. Un autre attendait les recors pour le
conduire à la maison de la dette ; un autre
avait jeté, la veille, son dernier billet de cinq
cents francs sur la roulette, et il n'avait pas
cinq deniers à donner aux pauvres ; mais en
revanche, il avait son cheval, son groom, son
tailleur, son traiteur, et cent mille fadaises
semblables à jeter par la fenêtre : qui veut

acheter tout cela, disait-il. Au plus offrant mon cheval et mon groom. Je les mets à prix : cent louis, deux bêtes, dont un homme; c'est pour rien.... Puis des rires, des transports à faire crouler la maison.

— Pas un de vous, dit l'un d'eux, n'a fait ce que j'ai fait, j'en suis sûr.

Et tous de s'écrier, avec des serments horribles, qu'il se vantait.

— Bah ! continua-t-il, qu'est-ce que cela? des femmes enlevées, des hommes tués, des dettes, des ruines? Ce n'est rien, j'ai été, vous dis-je, plus mauvais sujet que vous.

— Voyons donc tes exploits, dirent-ils tous à la fois?

— J'ai été maudit par ma mère à son lit de mort, et c'est moi qui l'ai fait mourir de chagrin.......

— Quelle horreur ! s'écria une voix qu'on n'avait pas entendue encore.

— Bah ! répond l'infâme, j'ai hérité.

— Assez, dit Julien.

Le plus profond silence régna dans la
chambre quelques instants, on n'entendait
plus que des pas d'hommes, qui toussaient
et fumaient.

Julien demanda des nouvelles du jour, et
la conversation roula sur la politique; alors
ces hommes si fous, si dépravés, si immoraux,
si légers surtout, devinrent des hommes sérieux; ils discutèrent avec esprit, énergie, des
questions délicates et profondes; des idées
justes, des sentiments élevés animaient leurs
discours; aucun d'eux n'était attaché au gouvernement, et leur pensées se manifestaient
sans entraves; ils différaient tous d'opinion, et
chacun la puisait dans son origine; les uns
issus de familles nobles, conservaient au fond
de leur cœur les préjugés de leur enfance, et
voulaient avec la liberté pour tous, des privi-
léges pour eux seuls; d'autres, qui comp-
taient pour ancêtres des généraux de l'em-

pire, ne voyaient la gloire des peuples que dans les conquêtes. Les fils de financiers voulaient la paix, les auteurs, la liberté de la presse; les artistes, de grands hommes à reproduire, de grandes actions à signaler, le luxe de Louis XIV, le manteau de François Ier, les barbes les ornemens du moyen âge, et les mœurs de la république romaine. Ceux-ci mettaient de la poésie dans leur opinion.

Pour Julien, il n'épousait ni les idées fixes de la noblesse sur les prérogatives, ni l'exaltation des artistes sur l'égalité; il attendait, pour se faire une opinion, que le temps eut développé son ambition; il avait donné rendez-vous à cette ennemie de son repos à sa trente-six ou trente-huitième année : jusque-là il voulait vivre et s'amuser; il critiquait le bavardage politique de ses amis, il les bafouait selon la marche des choses, sans jamais épouser leur haine ni leur amour. Aussi passait-il parmi eux pour un homme sans couleur, mais on lui pardonnait sa pusillanimité dans les affaires de l'état, pourvu qu'il n'en mit pas à vider, d'un trait, une bouteille de Champagne.

Ces entretiens politiques, où chacun avait dit sa pensée sans ménagement ni réserve, finissaient toujours à la satisfaction générale ; quoiqu'on se dit des personnalités, des injures même, mais tout cela sans se blesser mutuellement.

Cela pourrait passer pour de la déférence entre amis honorables ; mais ici, c'était plutôt le privilége que s'accordent les gens initiés à leurs secrets mutuels ; ils établissent entre eux une barrière où la fâcherie vient se briser, dans la crainte d'entendre les uns et les autres des vérités qu'ils voudraient oublier eux-mêmes.

Cette turbulente visite cessa ; l'heure du rendez-vous général au boulevard Italien venait de sonner ; combien ils regrettaient que leur compagnon fidèle fut retenu sur un lit de douleur; quand donc fuiras-tu ce maudit grabat? quand donc reviendras-tu parmi nous? et tous de lui serrer la main, en ajoutant à leurs tendres adieux une plaisanterie plus ou moins déplacée.

— Adieu, adieu! leur disait Julien, fatigué de leur verbiage; puis Augustine l'entendit s'écrier :

— Henri, où vas-tu ce soir?

— Avec eux, répondit la même voix qui avait paru douce à Augustine.

— As-tu besoin de moi?

— Si tu n'avais rien eu à faire, je t'aurais dit de venir passer la soirée ici.

— A ce soir, répondit Henri.

Et il partit, en répétant : A ce soir, de bonne heure.

Julien resté seul enfin, sa sœur rentra.

Elle fut suffoquée par la fumée qui remplissait la chambre, elle ouvrit la fenêtre et s'y plaça. Elle vit à la porte de la maison un jeune homme élégant monter dans un joli cabriolet, qui partit au signal du maître. Ce jeune homme paraissait grand sous le vaste manteau qui l'enveloppait; elle n'avait pu distinguer de lui qu'une longue boucle de cheveux blonds qui flottait sur le bas de sa joue, et sa tournure, qui lui parut charmante, lorsqu'il monta lestement dans son phaéton. Comme il avait rejeté son manteau avec grâce! comme il tenait bien sa cravache à poignée d'ivoire! que son allure paraissait distinguée! Et puis c'était lui qui s'était écrié, au récit de ce mauvais fils, Quelle horreur! C'était lui qui sacrifiait sa soirée à son frère! Oh! certainement, celui-ci faisait exception : c'était un jeune homme rangé, honnête; il n'avait tué personne, abandonné personne; il ne faisait point de dettes; il était charmant de tout point. Un mot prononcé, un coup-d'œil jeté à la dérobée sur ce jeune homme, avaient suffi pour disposer Au-

gustine en sa faveur. Pauvres femmes dont le
cœur est vide, que vous êtes près d'être dupes!
le vent est moins prompt à faire vibrer les carreaux de votre fenêtre qu'un soupir à pénétrer
votre cœur.

Augustine vint s'asseoir auprès de son frère,
après avoir réparé le désordre de sa chambre,
en lui cachant ce qu'elle avait vu et entendu.

— Tu as eu des visites ce matin, mon frère?
dit-elle.

— Oui, plusieurs amis sont venus me voir.

— On m'a dit que tu avais près de toi dix
ou douze jeunes gens; est-ce que tu as autant
d'amis que cela?

— Certes, nous sommes dans Paris plus
que cela d'hommes inséparables.

— En vérité? Et vous vous aimez tous également?

— A peu près.

— Vous vous rendez des services?

— Tant que nous pouvons.

— C'est bien, cela. Quels services vous rendez-vous ?

— Quand l'un de nous est riche, il paye pour les autres, jusqu'à ce qu'il soit ruiné, et les autres font de même à leur tour. Si l'un de nous va en prison pour dettes.....

— Vous vous cotisez pour le racheter ?

— Pas du tout. Nous allons le voir et boire du Champagne avec lui, pour l'égayer.

— On ne doit pas être bien disposé à rire en prison.

— Tu crois cela, toi; il n'y a pas de lieu où il se dise plus de folies.

— Je le pense, ce sont des fous qui l'habitent.

— Pas si fous, ma foi; pour quelques mois d'esclavage, gagner une fortune !

— Comment? dit Augustine étonnée.

— Je vais t'expliquer cela, mon ingénue. Tu as vu de malheureux commis-voyageurs s'expatrier des vingt années, pour l'appât d'un maigre bénéfice; s'exposer aux intempéries des saisons, aux variations des climats, et, à la fin de ces voyages, rapporter, avec quelques billets de caisse, des rhumatismes et des catharres; il se trouvent alors forcés, après avoir passé leur jeunesse dans les privations et les fatigues, de continuer à vivre dans les souffrances; tandis qu'un jeune homme de bonne maison fait, par exemple, cinq cents mille francs de dettes, avec quoi il s'amuse plusieurs années, à l'âge où l'on s'amuse; tandis que mon commis voyageur, même bien portant, aura quelques écus à l'âge où l'on ne s'amuse plus, ce qui n'est nullement la même chose. Mon jeune homme donc, après avoir dépensé cinq cents mille francs, et même plus, s'il peut, trouve le moyen de les payer quand il veut; il donne à ses créanciers....

— Ce qu'il doit avoir un jour, dit Augustine.

— Pas du tout; où vas-tu chercher des

idées pareilles, ma pauvre sœur, dit Julien en riant, il leur donne ou, pour mieux dire, il leur prête sa personne pendant cinq ans.

— Et que fera-t-on de ce jeune homme, dit Augustine.

— On le mènera, en voiture, dans une belle maison en bon air, où il sera pendant cinq ans, sans fatigue ni travail, logé, chauffé, éclairé, nourri aux frais du gouvernement et de ses aimables créanciers; tu vois qu'ils ne sont pas si foux ceux qui se laissent mettre en prison, puisqu'ainsi ils peuvent se dispenser de payer leurs dettes.

— Mais c'est un vol cela, Julien, reprend Augustine indignée.

—Je ne te dis pas, ma sœur, que cette institution soit très-morale, mais elle est commode. Il y a de par le monde des hommes qui mènent un grand train, qui ont des chevaux, des tilbury élégans et qui ont fait *leurs cinq ans.*

— Des tilbury, répéta Augustine peinée.

— Tiens, te voilà bien étonnée, répéta Julien, pour si peu de chose; le tilbury n'est rien, c'est le b, a, b du luxe; mais si tu allais dans de riches hôtels où, depuis le vestibule jusqu'au dernier étage, tout est empreint de richesse et d'opulence, si tu voyais les vases de fleurs qui bordent les rampes dorées d'un escalier tapissé d'un moelleux tissu; si tu traversais les antichambres de ces palais, où vingt laquais se disputent l'honneur d'ouvrir la porte au maître; si tu parcourais les salons où le bronze, le lampas, les cristaux, les dorures, les porcelaines les plus rares, brillent de toute part; si tu pouvais fixer ton attention sur les objets renfermés dans les galeries de peintures et de curiosités, où les artistes de tous les siècles semblent être venus offrir leur hommage, dans ces chambres incrustées d'or et d'émail; si tu assistais ensuite à ces assemblées nombreuses, qui se promènent, à jour fixe, plusieurs fois par semaine dans ce bazard

magnifique ; si tu calculais l'argent qui se dépense pour alimenter cette cohue ; si, éblouie
par ce luxe effréné, tu croyais à la fortune véritable de celui qui l'étale ; si tu croyais à sa
noblesse, à cause des grandes manières qu'il
affecte ; à sa générosité par ce qu'il prodigue ;
si tu pensais que, jetant ainsi des trésors devant les riches, il répand des bienfaits sur les
pauvres, tu serais dupe de cet homme, comme
tant d'autres qui se font honneur d'aller chez
lui : tu ne saurais pas, comme les gens qui
l'ont aidé à se ruiner et d'autres à s'enrichir,
que ces vases, ces tapis, ces objets d'art, cet
hôtel couvert de richesses, cet équipage, enfin, que tout ce qui l'entoure, ne lui appartient pas ; que s'il devait se coucher dans un
lit à lui, son édredon se changerait en une
botte de paille. Cet homme, pour arriver où
il est, a passé par la maison de la dette. Aujourd'hui, quitte envers ses créanciers, il
dépense ce qu'il leur doit.

— Tout cela est horrible, dit Augustine.

— Je ne te dis pas, reprit Julien, que cela soit très-moral; mais c'est commode.

Augustine regardait son frère avec étonnement.

Julien avait une façon de dire les choses qui empêchait qu'on prît à la lettre ce qu'il racontait; lorsqu'il eut dû effrayer par ses doctrines, une plaisanterie venait à point pour leur ôter leur sérieux. On se mettait à rire, on se trouvait désarmé, et l'épithète de fou sortait des lèvres, à la place du reproche qu'on eût été en droit de lui faire, pour raconter si froidement les horreurs qui frappaient ses yeux.

— Oh, bon dieu! que de choses nouvelles j'entends et je vois depuis que tu es ici, mon frère, dit Augustine, il me semble être tombée dans un autre monde. Que tout cela ressemble peu au vieux château de ma tante et aux habitants de la petite ville de Trévoux. Ils ont tous tant d'envie de venir à Paris! S'ils

savaient ce qui s'y passe, ils ne regretteraient
pas d'être à cent lieues de la capitale. Eux qui
ne doivent pas dix fiches au boston, sans venir les payer le lendemain; eux qui ne vont
jamais au spectacle, par la raison qu'il n'y en
a pas, et qui, pour toute distraction, n'ont
qu'un pauvre café en ville et un mauvais bil-
lard; aussi les hommes, là, sont honnêtes, ils
ne tuent pas les maris, ils n'abandonnent pas
les femmes et ils n'ont pas de tilbury, ils sont
purs...

Jamais Julien ne partit d'un éclat de rire
plus bruyant.

—Oui, oui, dit-il, ils sont gentils les pro-
vinciaux!... *purs !* Oh! le mot est bien trouvé,
purs !... Oh, ma pauvre Augustine, je vois que
dans ta province on t'a fait dupe, aussi bien
que tu le serais ici. Sais-tu ce que c'est que la
pureté de la province? sais-tu en quoi elle consiste? A cacher des vices sous des dehors honnêtes, des passions sous l'apparence de la froi-

deur; à mettre sur sa conduite le voile de
l'hypocrisie; s'envelopper de ruses, de ténèbres, pour satisfaire ses désirs impérieux;
nourrir en son cœur d'affreuses jalousies, de
coupables amours; être plus pervertis que
nous, hommes du monde, et prendre le masque de la candeur pour cacher des turpitudes, le masque sacrilége de la religion, pour
tromper tous les yeux. Dans une petite ville
où il n'y a pas assez de fenêtres pour qu'elles
ne soient pas toutes ouvertes, on passe par
l'église pour se rendre à un rendez-vous, et
c'est à l'ombre d'une prière qu'on reçoit un
billet d'amour. L'envie, cette furie qui dessè-
che l'âme et fane les traits, c'est surtout dans
ces cœurs comprimés, qu'elle prend la place
d'une noble ambition; ici, du moins, l'envie
s'exerce sur des choses grandes et belles, et à
l'instant même elle change de nom. Les artistes
se battent à qui produira la plus belle œuvre,
les poètes les plus beaux vers. On veut des

places, parce qu'il y a de belles places ; on se pousse vers le soleil pour enlever un de ses rayons, comme vers un foyer vivifiant, pour y prendre de la chaleur. C'est à qui s'approchera le plus de ce qui est élevé, de ce qui est beau, de ce qui dispense des fortunes et des honneurs, parce qu'il y a au bout des desseins qu'on conçoit et des peines qu'on se donne, fortune et honneurs à prétendre. Mais dans tes maigres provinces, à l'exception du châtelain qui n'envie rien, parce qu'il est au-dessus des riens qui l'environnent ; l'envie s'exerce sur des niaiseries misérables, sur le haut bout ou le bas bout de la table, sur un salut plus ou moins profond du riche de l'endroit, sur une robe que nos femmes de chambre ne voudraient pas porter, sur des talents que nos enfants ne voudraient pas montrer, sur de malheureuses productions littéraires qui mourraient ici avant que d'être nées ; car, il faut le dire, la petite province est restée à la place qu'elle occupait

il y a deux siècles ; les lumières n'ont pas été
jusqu'à elle, et la vanité lui tient lieu d'orgueil. D'ailleurs, les gens du centre ne sont
pas fâchés de conserver leur supériorité et d'attirer tout à eux ; pourvu qu'ils ne manquent
de rien, il leur importe peu que les autres
meurent de misère.

— Mais, reprend Augustine, dans un siècle
où l'on se bat pour l'égalité, on ne devrait pas
permettre de centralisation qui donne tout aux
uns et rien aux autres.

— D'abord, on ne se bat pas pour l'égalité,
on *cause*, ce qui n'est pas du tout la même
chose ; et s'il n'est pas très-moral de garder
tout pour soi, c'est au moins beaucoup plus
commode. D'ailleurs, pourquoi se dépouille-
rait-on soi-même, pour donner à des gens qui
préfèrent rester pauvres, par la raison qu'ils
n'ont pas le sentiment de leur pauvreté. Ne
sont-ils pas juges-arbitres des hommes d'état
qu'ils regarderaient comme fort heureux de

posséder leurs lumières ; un rien les occupe,
les amuse. Ne trouvent-ils pas toujours à dire
mille choses, dans les éternelles visites qu'ils
se rendent.

... — Oh! cela c'est vrai, les absents font toujours les frais de la conversation. On parle de
la passion de M. tel pour madame telle; du mariage forcé de mademoiselle telle, qui aime son
cousin ; des malheurs qui peuvent en arriver.
On nie la vertu de la sœur du notaire, qui
sort trop souvent avec son clerc, et pas assez
avec son mari; on blâme la dépense du juge-
de paix, et l'on ne sait où sa femme prend l'argent qu'elle perd au jeu. Puis on s'occupe avec
mystère des grandes familles de l'endroit, et
l'on s'effraye de ce qui peut arriver dans certain ménage. Par exemple, tu connais la marquise de ***, tu sais comme elle est belle, tu
connais sa sœur aînée, bien moins jolie que la
marquise? eh! bien, l'on assure que le marquis a une passion délirante pour elle.

— Ah! chère Augustine, rien que l'inceste dans ta province candide! à la bonne heure, cela vaut la peine de médire au moins; c'est un crime prononcé, on peut faire des drames avec ton marquis et ta marquise.

— Oh! oui, répond Augustine, un drame sanglant, car le marquis disait un jour à la sœur de sa femme : «Je me tuerai si cela arrive».

Il était alors question d'un mariage pour elle, il lui disait cela dans le parc de ma tante où il se promenait avec elle, tandis que la marquise faisait un wisth avec le curé, le juge de paix et ma tante; moi j'étais à cueillir des fleurs pour faire un bouquet à la marquise, lorsque j'entendis des personnes qui parlaient mystérieusement, alors je m'approchai du bosquet où le marquis et sa belle-sœur s'étaient assis, et j'entendis leur conversation. Elle me fit frémir.

— Ah! vous écoutez les conservations, ma chère petite sœur, c'est bon à savoir. Ainsi

I.   4

tu vois, d'après ce qui s'est passé sous tes propres yeux, qu'on n'est pas meilleur ni plus vertueux en province qu'ici.

— Oh! je ne dis pas cela, répond Augustine, on ne tue pas les maris, on n'abandonne pas des pauvres femmes sur les terres étrangères, on n'a pas de tilbury, on ne fait pas de dettes.

— C'est un grand plaisir de moins dans la vie.

— Un plaisir de faire ce qui vous conduit en prison! — Non pas jusqu'à la prison inclusivement, mais en dépensant l'argent que les dettes rapportent.

— Oh! mon Dieu, Julien, est-ce que tu as des dettes, toi?

— Moi, oh! pas du tout, deux ou trois lettres de change et une trentaine de billets à ordre qui courent le commerce, voilà tout; excepté cela je ne dois pas un sol.

—Des billets à ordre, des lettres de change,

qu'est-ce que c'est donc que ces papiers-là, Julien ?

— Ah ! tu ne connais pas ces objets d'art, toi ; je crois bien, notre respectable tante avec ces 25 mille livres de rente en bonnes terres qu'elle nous a parbleu bien laissées, n'a jamais eu besoin de recourir à cette sublime industrie qui vous fait payer un écu trois fois sa valeur, et vous force à la politesse envers celui qui vous ruine ; mais qui vous apprend aussi les dates et les nombre, les heures même dont se composent une semaine, de façon à devenir, avec un peu de bonne volonté, le calculateur le plus habile. Comment, Augustine, tu n'as jamais vu de billets à ordre, ni de lettres de change, toi ?...

— Jamais, montre m'en donc un.

— Je n'en ai pas, attendu que j'en fais aux autres et que les autres ne m'en font pas, et cela parce que j'emprunte et ne prête pas,.. à des gens solvables.

— Je voudrais bien savoir comment ça se
fait; voyons, apprends-moi cela, dit Augustine, en prenant une plume et du papier, je
puis en avoir besoin un jour, étant maîtresse
de ma fortune et majeure... Si j'avais, à mon
tour, envie de faire des dettes.

— Cela n'est pas permis aux femmes; vous
devez ménager et nous, dépenser.

—N'importe, je veux savoir comment on fait
un billet à ordre. Je veux que tu me dicte un
modèle.

— Tu es folle.

— Cela m'amusera.

— Écris donc, alors, je paierai à l'ordre de...
à qui veux-tu devoir?

— Je ne connais personne que toi à qui je
puisse devoir, sans rougir.

—Ainsi à Monsieur Julien-Antoine de Bristanne la somme de.... combien veux-tu me devoir? dit Julien, en riant.

—Oh! une grosse somme, dit Augustine. Je

ne suis pas faite pour emprunter peu de chose.

— Eh bien! vingt mille francs.

— Ce n'est pas assez! quarante.

— Va pour quarante mille francs ; diable !
voici le billet le plus honorable qu'on fera
jamais à mon ordre! puis, on spécifie la
raison du billet; ainsi tu peux mettre ou
valeur reçue, ou pour compte entendu entre nous.

— Oui , j'aime cette dernière tournure ,
pour compte entendu entre nous.

— Puis la signature.

— Où.

— Là, dit Julien.

— Là.

AUGUSTINE DE BRISTANNE.

— Ainsi voilà..... Mais vraiment, ce n'est
pas difficile du tout : « je paierai à l'ordre
» de Monsieur Julien-Antoine de Bristanne la
» somme de quarante mille francs pour compte
» entendu entre nous. » Dieu! que c'est drôle

qu'un chiffon de papier comme cela puisse en-
gager.

— A bon Dieu oui, dit Julien, il n'en faut
pas davantage pour vous perdre.

La porte s'ouvrit, on annonça M. Henri ;
Augustine n'eut que le temps de glisser le
papier dans le pupitre de son frère, pour cacher son enfantillage.

CHAPITRE II.

C'était bien le jeune homme au grand manteau. Augustine n'avait vu qu'une boucle de ses cheveux : elle vit ses yeux, qu'elle trouva charmants, ses traits gracieux et nobles, son front élevé, sa pâleur intéressante. Henri salua la sœur de Julien avec grâce et froideur. Augustine répondit à son salut de la façon la plus distinguée, et ne recevant pas de son frère le petit signe qui l'invitait à se retirer, lorsque l'homme-caricature entrait, elle resta, et l'on peut assurer même qu'elle ne fut pas fâchée de rester ; mais, pour se faire, comme on dit, une contenance, elle prit de tous ses petits ouvrages le plus joli. C'était une charmante broderie, faite sur un petit métier de palissandre incrusté d'ivoire. Elle croyait, ou plutôt elle espérait que Henri remarquerait son habileté et son talent. Il n'en fut rien.

La conversation entre Henri et Julien devint très-animée en peu de temps ; mais ils parlaient à voix basse, Augustine ne pouvait saisir que quelques mots au passage. Les mots *voyage*, *tante*, *cousine*, *fortune*, *dette*, étaient prononcés, puis ceux de *rupture*, d'*esclavage* et d'*ennui*, etc.... Enfin Henri, après un assez long temps passé à consulter son ami, à l'écouter, à lui répondre, tantôt en riant, tantôt sérieusement, quelquefois vivement, se lève enfin et s'écrie, furieux, qu'ils aillent au diable tous. Ils m'ennuient. Je ne cèderai pas!!...

Cette vive exclamation fit tressaillir Augustine si fortement que le petit métier qu'elle tenait sur ses genoux se renversa. Les ciseaux, les soies, les étuis et tout l'arsenal nain que renferme une boîte à ouvrage, se dispersa à droite et à gauche dans la chambre.

Henri, qui avait causé tout ce dégât par la peur qu'il avait faite à Augustine, se hâta de l'aider à remettre tout en ordre, en lui adressant des excuses charmantes sur le malheur qu'il avait causé.

Eh quoi! madame, je vous ai fait peur! Mais c'est être d'une grande maladresse, inspirer de la peur à une jolie femme! mais c'est absurde. Voyons : tout est-il bien à sa place dans ce petit muséum? Mais c'est un dé d'enfant, cela! Comment! vous avez un doigt auquel cela peut aller! Oh! les jolis monstres! Vous me permettrez bien, j'espère, de regarder ce que vous faites. A qui, poursuivit-il avec étonnement, à qui destinez-vous cette merveille?

—A mon frère, se hâta de répondre Augustine.

— Il est bien heureux votre frère. Ce n'est pas moi qui ai des sœurs assez aimables pour me faire de si jolies choses. Elles sont toutes mères de famille mes très-chères sœurs, occupées de leurs maris et de leurs marmots ; elles ne songent guère à moi. La seule qui pourrait s'en occuper davantage, c'est la religieuse ; mais la pauvre vieille fille ne pense qu'à Dieu et à son salut.

— Elle ne ferait pas mal, peut-être, répondit Augustine, un peu piquée, de s'occuper du vôtre.

— Moi, madame, je suis un sage ; demandez à Julien ?

— Belle caution, dit Augustine en souriant.

Augustine avait le sourire agréable, Henri fixa ses yeux sur elle.

— Vous dites du mal de votre frère ? reprit-il.

— Cela ne m'empêche pas de l'aimer.

— Cela empêche les autres de vous croire indulgente.

— C'est-à-dire de me croire aveugle.

— Ah ! ce pauvre Julien , il est le meilleur sujet de nous tous.

— Voilà pour les autres un éloge qui ne mérite pas de remerciements.

— Pourtant vous voyez que je suis aussi franc pour moi que pour mes amis.

— Dites autant indiscret.

— Comment cela ?

— Il y a franchise à dire ses défauts quand on veut se corriger ; mais lorsqu'on veut les garder ce n'est plus que de l'indiscrétion.

— Qui vous dit que je me trouve des défauts ?

— Vous vous dites mauvais sujet.

— Eh bien, c'est être un homme charmant.

— C'est-à-dire dangereux.

— Alors bien plus que charmant.

— Quels principes !

— Ah ! dit Julien, qui n'avait pas pris part à la conversation, le mot principe a été prononcé, c'est ma pauvre Augustine qui l'a lancé j'en suis sûr. Est-ce que tu n'a pas eu peur de ce mot là , Henri ?...

— Je ne puis avoir peur de ce qui sort d'une aussi jolie bouche.

Augustine rougit. Henri resta à côte d'elle. Il la regardait travailler.

— Voilà , disait-il, de bien jolis doigts, qui font de bien jolies choses, et il se pencha si près du métier, pour mieux voir, que ses lèvres touchèrent la main d'Augustine.

— Que fais-tu donc là , mauvais sujet , dit Julien qui avait entendu le baiser ; viens par ici tout de suite.

— Lorsque madame l'ordonnera , répond Henri , je m'éloignerai d'elle.

— Je crois que mon frère a quelque chose

à vous dire, reprend Augustine, d'un ton modeste.

Henri retourna auprès de Julien, Augustine avait passé dans la chambre voisine pour préparer le thé.

— Elle est charmante, ta sœur, dit Henri, charmante sur ma parole ; des petits fuseaux blancs pour doigts, jolis yeux, joli sourire, jolie taille, un peu maigre ; mais c'est égal, elle est charmante.

— Mon cher si tu veux l'épouser elle est à toi ?...

— Hein !..... que dis-tu ?..... Cette jeune femme qui était là, ta sœur, elle n'est pas mariée... Oh ! parbleu c'est dommage, pauvre vieille fille !... Elle est charmante... — Oui, je te le disais donc, mon cher, il faut me rendre à Mantes, dans mon honorable famille, pour voir la chère personne, sous le nom de cousine, qu'on me destine... Trente mille francs de rente, c'est superbe ; mais une provinciale !

traîner cela dans les sociétés de Paris, avec
son organe quasi normand , ses grosses mains
rouges et son pied plat. Subir son jargon de
ménage , ses talents en pâtisserie; oui, mon
cher, elle sait faire des sucreries ; ma riche
héritière est élevée à présenter son plat au dé-
sert, comme nos demoiselles de bon ton à
chanter leur romance ou leur cavatine le soir ;
ma cousine fait ses bonbons avec autant de
dextérité , que les élégantes , sur un clavier,
des gammes chromatiques. Elle fait le beurre
comme nos jeunes filles des fleurs en papier.
Elle porte à sa ceinture un trousseau de clefs ,
comme nos grâcieuses un carnet de bal ou un
souvenir. Je serai avec elle le mari le mieux
nourri et le mieux soigné; j'aurai, en un mot,
la femme la plus essentielle et la moins aimable.

— Ne l'épouse pas.

— Il le faut bien.

— Pourquoi ?

— Pour avoir les trente mille livres de rente.'

— Épouse-la.

— C'est horrible de passer sa vie avec une provinciale.

— Ne l'épouse pas.

— C'est affreux de renoncer à trente mille livres de rente.

— Épouse-la.

— Je sais bien qu'une fois marié 'je pourais faire à-peu-près comme si j'étais garçon.

— Ce n'est pas moral, mais c'est commode.

— Oh! je la rendrai heureuse.

— Eh bien ! épouse-la.

— C'est ton avis?

— Lequel?

— Tu me dis d'épouser.

— Épouser !!! Mais, mon cher, tu as donc perdu toute raison, de vouloir te marier?

— Et ces trente mille livres de rente ?

— Ame cupide ! Et que t'importe cès trente
mille livres de rente ! Qu'en veux-tu faire ?

— En amuser mes amis et moi-même : j'aurais des chevaux pour moi et mes amis , des
dîners, des soupers en ville; la plus grande
économie chez moi : je laisse à ma femme
sa liberté , et j'exige la mienne; je fais
l'homme marié près d'elle et le garçon dehors ,
et nous nous amusons, mon cher, comme des
Louis XV.

— Avec trente mille livres de rente ? C'est
misérable ! Ce n'est rien du tout que trente
mille livres de rente; j'en aime autant dix,
j'en aime autant cinq, j'aime autant rien.
Voilà quelque chose de beau , deux mille et
quelques francs à dépenser en trente jours ,
quand il s'agit d'une matinée pour en jeter
le double à la tête d'un caprice. C'est bon *au
Marais , ou bien dans la province ,* de trouver
cela convenable ; mais nous, au-dessus des
idées reçues, nous , amants de la dépense ,

du désordre, nous qui ne comptons jamais,
pas même avec nos créanciers.....

— D'abord avec nos créanciers, reprend
Henri.

— Nous qui ne savons jamais ce qu'un désir nous coute, qu'avons nous besoin de
trente mille livres de rente.

— En effet, nous avons tout, sans argent.

— Eh! donc, c'est ce que je te dis! S'il
s'agissait de millions, soit : au moins on a
son genre, on satisfait ses caprices de quelque
nature qu'ils soient, on se fait traîner ivre
dans un char doré, on jette au passant de l'or
à manger, on paye à une mère son enfant
qu'on écrase, on enrichit des hommes pour
les voir se tuer, on pare de diamans une fille
couverte de boue ; monté sur un coursier de
dix mille écus, on crie avec la canaille des
faubourgs, on se fait plus bas quelle pour être
quelque chose, et l'on ajoute au noble nom
de ses ancêtres le sobriquet du carrefour.

Avec son or on fait de sa demeure un bazard immense; on y attire les curieux, les oisifs, les coquettes; on rit des uns, on profite des autres, on les méprise tous, et l'on s'amuse encore : on s'amuse surtout du respect qu'on inspire a ces brutes qui vous pèsent au poids de votre or; hideux de vices, vous passez pour le plus beau des hommes; stupide, on vous dit le plus spirituel; méchant, ignoble, infâme, vous passez pour le meilleur, le plus noble, le plus honnête; et toutes vos turpitudes cachées sous l'éclat d'une fortune immense, prennent le nom de légèreté; voilà qui est amusant, voilà de la vie, voilà ce qui vaut la peine de prendre une femme;... pour des millions, on peut se donner ce malheur... pas à moins.

— Tu m'éclaires, dit Henri, j'étais fou, je suis revenu de mon délire... J'ai bien quelques dettes qui me gênent et qu'il faut payer.

— Oh! qu'il faut payer, c'est superbe!...

Eh ! par hasard , crois-tu au proverbe ?

— Il ne s'agit pas de proverbe, mais on est forcé.

— Forcé, voilà ce que je nie, par exemple. Je dois, et beaucoup... eh bien , je prend la poste; une borne se présente, je lis *Belgique*, je saute cette borne, et me trouve sur la terre promise; alors, là, je suis sans dettes et le plus honnête homme du monde, surtout du royaume des Belges, où il se trouve assurément des infortunés comme moi, avant le saut protecteur; me voilà libre, marchant la tête haute, au grand jour, à toute heure et sans crainte; le tout pour avoir gagné sur le globe terrestre quelques degrés de latitude ou de longitude; un jeté battu, fait avec adresse, m'a lancé à une distance respectueuse de mes créanciers, et tout est dit entre eux et moi, surtout si j'ai eu la prudente attention de ne rien acheter à ce bienfaisant soleil qui luit pour tout le monde. Les principes de probité scrupuleuse, sont sans doute froissés par ce moyen, ce n'est pas très-moral, j'en conviens, mais c'est commode.

— Oh! mon cher, pour cela, il faut quitter sa patrie, et....

— Sa patrie! tu en es encore là, pauvre enfant! La patrie, c'est le lieu....

— Oui, *le lieu ou l'âme est enchainée*, reprend Henri avec emphase.

— Pas du tout, reprend Julien, la patrie, est le lieu où l'on s'amuse, le lieu ou l'on peut fuir les ennemis, et y a-t-il d'ennemis de votre repos, plus acharnés que des créanciers! y a-t-il une figure d'homme plus repoussante, une approche plus redoutable! la patrie qui protége ces gens là est une marâtre, qu'il est tout simple d'abandonner.

— Oui, mais on abandonne aussi ses amis, ses parens.

— D'abord, on trouve des amis partout, et pour des parens! le pays où ils sont est celui

qu'il faut fuir; ou diable as-tu trouvé de l'a-
grément dans les cousins, les cousines, les
neveux, les arrières-neveux, les arrières petits
cousins, et les oncles à la mode de Breta-
gne; mais mon cher, tous ces êtres sont autant de sangsues qui s'attachent à vous, pour
vous sucer jusqu'à la dernière goutte de votre
sang, sans s'informer du mal qu'il vous font.
Ridicules et importuns, ils vous fatiguent de
leur récits d'enfance, vous imposent, de par
la loi de la parenté, la charge de les aimer, de
les bien traiter, de les servir, d'user votre crédit
pour eux, de vider votre bourse pour eux ; ces
rameaux du même arbre, les uns tortus, les
autres chétifs, les autres vermoulus, secouent
leur poussière sur vous, et vous salissent sans
même vous dire merci ou pardon; et s'il arrive qu'on meure, en laissant quelques écus,
il faut les voir se jeter sur vous comme des
oiseaux voraces, déchirer vos restes, et chacun s'emparer de l'un de vos lambeaux; ils ne

sont plus vos parens alors, ils sont *héritiers*, c'est-à-dire croque-morts en second.

Voilà les parents, mon cher. Je te demande si c'est pour cela qu'il faut se donner la peine de payer ses dettes ?

— Tu parles ici de parents importuns ; mais ceux qui nous aiment, qui nous soignent, ta sœur, par exemple ?

— Ma sœur ! ce n'est pas une parente, c'est un cœur à moi, une pensée à moi, un être à moi ; c'est moi-même, nous sommes jumeaux.

— Tiens ! elle n'est pas plus âgée que toi, ta sœur ?

— Au contraire, je suis l'aîné.

— Ce que c'est pourtant, tu es un jeune homme, et...

— Oui, et ma sœur est une vieille fille. Ainsi le veut le sort.

— Ainsi le veulent les préjugés ; car si la vieillesse vient d'avoir vécu long-temps, elle devrait venir aussi d'avoir vécu beaucoup, en peu de temps; et certes, à ce compte-là, tu serais un vieillard auprès de ta sœur. Elle paraît toute innocente, cette pauvre fille; elle est gentille, spirituelle.

— Et bonne !

— Elle est soignée dans sa mise.

— Et économe.

— Elle est piquante.

— Et pure !

— Elle a le regard doux.

— Sa sensibilité est des plus touchantes.

— Elle paraît calme.

— Elle est pourtant bien courageuse.

— A-t-elle des talents ?

— Elle n'est pas sans instruction.

— C'est une femme charmante, à ce que je vois.

— Je ne lui connais pas un défaut.

— Quel malheur qu'elle n'ait pas dix ans de moins, je l'aurais épousée.

Augustine, qui ouvrait la porte au moment

où Henri prononça ce dernier mot, en fut un peu troublée.

—Épouser?.. qui? se dit-elle, si c'était moi!..

Et Henri lui parut bien mieux que quelques instants avant.

On servit le thé. Rien de plus élégant, de meilleur goût, que la petite collation qu'elle avait préparée. Elle en fit les honneurs avec une grâce parfaite. Henri fut charmant, parla du bonheur de Julien de posséder une si bonne amie dans sa sœur.

— Oui, dit-elle, pour me donner le moyen de lui prouver mon dévoûment, il lui a fallu se casser les membres. Avant ce malheur, je le voyais bien peu, vous me l'enleviez toujours ; une fois guéri, il ira vous rejoindre ; il retournera chez lui, pour recevoir son monde. Il a tant d'amis !

— Vous les maudissez ? dit Henri.

— Oh ! oui, il y en a que je suis tout près de détester.

— Que vous ont-ils fait ?

— Rien. Je ne me rends pas plus compte de ma haine pour eux, que de l'amitié que mon frère leur porte. Avant de connaître les amis de Julien, je les supposais des hommes bien élevés. C'étaient, m'avait dit mon frère, des fils de bonne maison ; ils avaient des chevaux, des voitures, des châteaux ; tous les soirs on les voyait à l'Opéra ; le matin ils chassaient sur leurs terres. Je pensais, ici, voir autour du lit de Julien des jeunes gens que la cour devait recevoir, et que la ville devait envier ; et, vous le dirai-je, monsieur, j'avais peur pour mon pauvre cœur des séductions auxquelles il allait être exposé. Mais, Dieu merci, à la première visite de l'un de ces jeunes fashionnables, je fus rassurée.

— Ainsi les amis de votre frère n'ont pas le bonheur de vous plaire ?

— Ah ! monsieur, personne ne met son bonheur à me plaire. Mais, assurément, ce ne sont pas ces messieurs qui augmenteront mes regrets de ne pas me marier.

— Eh! bien, je vous assure, mademoiselle, que nous valons mieux que nous ne paraissons valoir.

— Tant mieux, reprend Augustine avec simplicité.

— Ainsi, vous êtes sûre que pas un ami de votre frère ne pourrait vous séduire?

— Je ne crois pas qu'ils osassent le tenter, reprend Augustine avec un peu de pruderie.

Henri se mordit les lèvres.

— J'ai voulu dire vous épouser.

— Aucun de ceux que j'avais vus jusqu'à présent, malgré mon désir de me marier, ne m'eût fait changer de position.

— Ma sœur a raison, dit Julien; il ne nous faut pas, à nous autres *viveurs*, comme on nous appelle, des femmes qui pensent : elles seraient aussi malheureuses avec nous que nous avec elles ; celles qui ne pensent pas seraient

moins gênantes ; pourtant nous devons les re-
jeter aussi. Il nous faudrait à nous, hommes à
part, pour femme, un être que nous puis-
sions modifier selon nos désirs du moment :
un jour, enfant aux idées niaises ; une autre
fois, vive, coquette, impatiente, emportée, et
même colère ; cela nous sortirait de l'état d'en-
gourdissement dans lequel l'opium nous aurait
fait tomber. Puis, dans un moment opportun,
une femme philosophe prêchant l'athéïsme et
l'immoralité ; puis, une autre fois, une dé-
vote, nous parlant de l'enfer et du ciel, ap-
portant à notre esprit la crainte d'une autre
vie, le lendemain d'une orgie ; cela nous ferait
penser. Il nous faudrait trouver dans une
femme toute la variété que nous cherchons
dans mille ; et il ne serait pas mal que même,
à force d'art, elle pût changer sa taille et son
visage : le plus beau des objets devient insipide, si l'on est forcé de le regarder toujours.
La Vénus de Médicis, après un mois de contem-

plation, devrait paraître louche ou bancale.
Nous ne pouvons vouloir ni d'une femme à
esprit fort, ni d'une femme à esprit faible ; ni
d'une femme légère, ni d'une femme sérieuse;
ni d'une femme douce, ni d'une femme colère.
Il nous faut tout cela réuni dans un seul objet,
ou il nous faut tous ces objets séparés.

— Hors, à moins de trouver sur la terre une
espèce de monstre féminin, je nous vois ré-
duits à rester garçons, dit Henri.

— Mais, monsieur, dit Augustine, peut-
être ne leur ressemblez-vous pas ?

— Eh ! quoi ! mademoiselle, vous comprenez même votre frère dans cette proscription ?

— Mon frère, monsieur, n'est pas ce qu'il
paraît être. Ses actions sont opposées à ses sentiments, et ses paroles vont bien plus loin que
ses actions ; Julien est aussi bon que généreux, et honorable autant que bon. Mais il a
refoulé au fond de son cœur les sentiments
nobles qu'il honore, quoiqu'il semble les dé-

daigner; il les a renfermés en lui-même, sous
une clef que, pour un temps, il a perdue; et
ne pouvant plus parler le langage écrit au fond
de son cœur, il a appris, avec d'autres maîtres, une langue bizarre, nourrie d'idées fausses et de pensées légères. Ceux qui se sont emparé de son esprit, se sont facilement emparé
de sa personne.

Dans le monde où vous vivez tous réunis,
vous prenez une mauvaise idée du monde :
les vices des hommes qui vous entourent vous
font mépriser l'humanité tout entière. En
haine de cette société que vous fuyez, vous
devenez moroses et méchants.

Je gémis bien sincèrement de voir mon
frère exercer son esprit à soutenir de dangereux paradoxes; son temps se passe à perdre
son savoir; sa vie, à oublier ce qu'il se doit à
lui-même. Il ne songe pas au lendemain. Ni
vous, sans doute, monsieur.

Un soupir prolongé de Julien arrêta Augustine : elle tourna les yeux sur lui. Il s'était endormi.

— Pardon, reprit-elle, j'ai l'air de vouloir vous débiter un sermon, et il n'aurait pas, pour se faire absoudre, de valoir ceux que je lisais auprès de ma bonne et digne tante.

— Eh quoi ! mademoiselle, vous lisiez des sermons dans votre jeunesse ?

— Oui, lorsque les yeux de ma tante étaient trop fatigués, pour se promener sur les lignes qu'elle appelait ses consolations; je continuais sa lecture ; elle me priait de la faire causer avec ses vieux amis, ils avaient tous des noms solennels : c'était saint Grégoire, saint Augustin, saint Basile; c'était le grand Bossuet, le sévère Bourdaloue, le grave et doux Fénelon. Tous ces hommes, je l'avouerai, me parurent d'abord bien sérieux; c'était plutôt par obéissance que par plaisir pour moi-même, que je consentis d'abord à prononcer leurs paroles immortelles. Je les comprenais bien peu; mais pourtant ce peu là me restait dans la tête, et le bien que cette lecture produisait à ma chère parente, me prouvait toute la puissance des pensées qu'on y trouve. Elles ne m'amusaient pas, c'est vrai; mais je sentais qu'elles faisaient mieux en moi, que de m'amuser. Je continuai de lire ces grands hommes, lorsque ma lecture ne fut plus un devoir; et j'agis sagement, car il ne m'a pas fallu arriver à soixante ans pour leur demander des consolations. Chaque jour je les consulte pour fortifier mon courage; il m'en faut pour marcher dans la vie toute seule, sans appui, sans un cœur à moi.

— Et qui vous empêche, dit Henri vivement, de le trouver ce cœur? qui ne serait heureux de vous aimer?

Julien se réveilla à ce mot.

— Que parles-tu d'aimer, à ma sœur, dit-il, voudrais-tu donc séduire ma blanche colombe,

mon ange gardien? ne vas pas t'amuser à cela,
vois-tu ; car je ne le permettrais pas, et tout
mon ami que tu es, nous irions nous couper
la gorge au bois de Boulogne, et, sans y
déjeûner.....

— Ah! dit Augustine, tu nous as fait peur!
Quelle vilaine pensée! Nous causions, monsieur et moi, bien raisonnablement.

— Ma foi oui ; mademoiselle m'a entretenu
de gens dont je n'avais pas entendu parler depuis ma sortie du collége.

— Ma sœur a connu tes camarades de collége.

— Ah! pas du tout, mes camarades, bien
plutôt mes ennemis ; car ils m'ont fait donner
furieusement de *pensums*.

—Ah! j'entends, des maîtres d'études... oui,
dans sa province, Augustine aura rencontré un
de tes cuistres devenu tout-à-coup un grand
homme, pour avoir changé de lieu, avoir pris
une mine pincée, une soutane à longs plis et

un petit rabat : ces corbeaux échappés de Paris emportent avec eux les rognures de nos thèmes et de nos versions; ils font de tout cela des phrases et des discours qu'ils débitent avec emphase dans des chaires vermoulues, aux applaudissements du maire, de l'adjoint, du receveur et du notaire de la commune. Il sera tombé dans le château de ma respectable tante un de ces damoiseaux, et sans doute on aura trouvé charmants sa tournure, son savoir et ses madrigaux, sous le nom d'ode; le tout parceque Paris l'avait possédé quelques instants.

Un homme de Paris cela fait événement dans ces castels bâtis aux pieds des montagnes; c'est une bête tout aussi curieuse que l'ours qu'amène le petit savoyard en passant. Il ne fait pas peur, voilà tout. Au contraire, on le choie, on lui fait politesse, on veut qu'il raconte tout ce qu'il a fait, qu'il dise surtout *ses poésies*, et s'il n'en a pas, on veut qu'il en fasse sur le

I.   6

soleil, sur la lune, sur la montagne, sur le
château, sur la châtelaine, sur tout le monde ;
enfin, sur les poules ou les oies, quand ils en
auront fait même sur les laquais.

Augustine aura brodé une paire de man-
chettes à l'une des pauvres victimes de mon
ami Henri. Je vois cela.

—Tu vois, dit Augustine, tu vois cela comme
tu vois tout sans regarder ; il n'est ici question
ni de camarades, ni de professeurs, ni de messieurs à petits rabats. Je parlais à monsieur de
vieux amis de notre tante qui sont devenus les
miens.

— Bien, ma sœur, prends de vieux amis ;
on ne risque rien avec eux. C'est bien à toi de
les choisir ainsi. D'ordinaire les filles de ton
âge n'aiment que les jeunes gens. C'est pour
cela que je ne permettrai pas à M. Henri de te
faire la cour.

Augustine cacha son embarras en rangeant le thé.

Il se faisait tard. Julien avertit son ami que l'opéra serait fermé.

— Tant mieux ! dit Henri ; je rentrerai chez moi.

Il partit. Augustine ne s'endormit pas cette fois avec les pensées de Massillon : une autre l'occupa, et, dans un rêve, elle entendait une voix qui lui disait : « Mademoiselle, qui ne serait heureux de vous aimer. »

CHAPITRE III.

Julien ne fut pas long-temps à s'apercevoir de l'impression que faisait le jeune Henri sur le cœur d'Augustine. Elle vantait à chaque instant son esprit, sa grâce ; elle gémissait sur sa légèreté, mais il n'était pas difficile de voir qu'elle serait heureuse de le fixer.

Julien craignit pour sa sœur le développement d'un sentiment qui semblait vouloir s'emparer de son âme, et ne se crut obligé à aucun ménagement pour l'attaquer et le détruire dans son germe.

Un jour qu'elle s'était étendue davantage sur les qualités qu'elle remarquait en M. Henri :

— Eh ! que t'importe ! dit Julien, presque en colère, que ce jeune fou soit bien ou mal ? ne vas-tu pas t'amuser à prendre de l'amour pour lui !

— Moi ! dit Augustine en rougissant.

— Eh ! mon Dieu, je m'aperçois que ton pauvre cœur bat quand il arrive, que tu es distraite s'il tarde à venir. S'il te dit un de ces mots de galanterie qu'on adresse aux femmes, sans y songer, tu deviens tout émue; tu prends ses gentillesses pour argent comptant ; tu ne t'aperçois pas qu'il se moque de toi...

Augustine devint pâle, et retint une larme prête à tomber.

C'est une idée affreuse que celle d'être un objet de moquerie. On préférerait inspirer de la haine ; l'on pourrait plutôt aimer son ennemi que son railleur. Une femme qui pourrait pardonner la perfidie se sentirait moins généreuse devant la moquerie ; peut-être la passion peut s'accorder avec l'infidélité, tandis que la moquerie exclut toute exaltation, toute tendresse. Elle porte avec soi une arme tranchante qui rapetisse et détruit tout ce qui est grand. Elle fait d'un héros un bouffon ; de la beauté une fantaisie ; de l'esprit, des talents, des vertus, autant de ridicules. Il n'y a de vrai, pour les esprits railleurs, que la plaisanterie ; ils plaisantent aux dépens de tout ; mais la franche gaîté ne sort pas de leurs discours. Le rire sur leurs lèvres est en mauvaise humeur ; et là où l'on voudrait trouver la joie, on n'est pas loin de rencontrer la tristesse.

— Ah ! M. Henri se moque de moi ! répéta tout bas Augustine. Eh ! qu'ai-je donc de ridicule ? Le petit fat ! je le déteste. Lui, ce n'est pas de la moquerie seulement qu'il peut inspi-

rer, c'est du mépris. Un jeune homme de famille se déshonorer au milieu de tous les mauvais sujets de Paris, user sa fortune, sa santé
dans des plaisirs coupables !...

Car elle avait quelquefois interrogé la pâleur
d'Henri avec intérêt, elle s'était dit souvent
que, si une femme donnait ses soins à M. Henri,
ses lèvres décolorées reprendraient un doux
incarnat. Elle s'était dit encore que, si une
femme lui faisait voir le danger de sa conduite,
elle pourrait être heureuse en le décidant à
la changer.

Mais, puisqu'il se moque d'elle, il lui importe peu qu'il se ruine, qu'il se perde.

On doit penser qu'elle ne reçut pas M. Henri
avec sa grâce ordinaire, à la première visite
qu'il lui fit. Tout ce qu'il lui disait d'aimable
était travesti par elle en moquerie. Plus le
compliment était flatteur, plus elle y trouvait
d'impertinence. Enfin, à un moment où Henri
s'était perdu dans un éloge, elle sortit brus-

quement, pour n'avoir pas à lui répondre, sa
patience étant tout près de s'échaper.

Henri manifesta son étonnement, qu'il qua-
lifia du nom de caprice.

— D'où vient ce changement? dit-il à son
ami.

—De ce qu'elle sait que tu te moques d'elle.

—Que je me moque d'elle! qui lui a fait ce
mensonge?

—Moi, répondit froidement Julien, et j'ai
dit la vérité.

—Toi! et dans quelle intention m'as-tu calomnié?

— Je ne t'ai point calomnié.

—Ta vérité n'a pas le sens commun. Mademoiselle Augustine m'inspire un respect très-
senti.

— Voilà précisément ce qui fait que tu te
moques d'elle.

— Tu veux rire!

— Non, mon cher; toutes les fois que tu te

trouves avec ma sœur, tu lui dis des mignar-
dises à faire tourner sa tête. « Elle a des yeux
» charmants, des cheveux ravissants, de l'esprit,
» de la raison; elle travaille comme les fées. » Eh
bien! ma sœur a cru que tu pensais tout cela.

— Elle a eu raison.

— Ma sœur a vu, dans ces compliments,
autre chose que des compliments.

— Des vérités? elle a eu raison.

— Autre chose encore.

— Quoi donc?

— Elle a vu, mon cher, ce que les femmes
voient partout, et ce que les filles désirent,
plus qu'elles, de trouver dans les discours des
hommes. Elle a vu dans les tiens....

— Qu'a-t-elle vu?

— De l'amour!

— Ah bah! tu veux te moquer à ton tour;
de l'amour!... c'est impossible!

— Tu vois bien que tu te moquais d'elle.

— Point, je le nie. Mais quand on a de l'amour on le dit.

— On voit bien que tu n'en a jamais eu.

— Oh, par exemple, il est fort! j'ai été amoureux trente fois, et à ce moment je le suis comme un fou.

— D'une déesse de l'Opéra.

— Cela ne te regarde pas.

— Tu crains que je ne te l'enlève.

— Oh! je suis adoré?

— C'est-à-dire, bien trompé.

— Tu m'ôterais difficilement mes illusions.

— Si je pouvais marcher, je ne voudrais pas te les voir encore dans vingt-quatre heures.

— Puisque tu crois qu'on doit m'aimer si légèrement, que crains-tu pour Augustine.

— D'abord, fais ici précéder le nom de ma sœur du titre de *Mademoiselle*, je te prie.

Mes craintes sont fondées sur des motifs auxquels tu n'as jamais réfléchi; pour te les expliquer, il me faudrait te faire l'histoire du cœur d'une femme pure, qui aime pour la première fois, et ce sujet là recevrait, en passant par mes lèvres pour aller à ton esprit, deux profanations qu'il vaut autant lui éviter.

— Je serais pourtant curieux de savoir ce que c'est qu'une femme pure; jusqu'à présent j'ai cru que c'était une fiction.

— Non, c'est une rareté précieuse, un trésor qu'on ne rencontre presque jamais, et qui existe pourtant dans le monde, plus multiplié qu'on ne croit. Mais si peu de chose peut altérer la pureté du cœur d'une femme!... Il suffit, pour le flétrir, d'un contact de quelques instans avec le malheur. Le cœur, pour conserver sa pureté virginale, aurait besoin que tout fut épuré autour de lui; les larmes qui y tombent, le ternisse comme fait le feu sur un beau cristal, rien ne peut en effacer la trace. Mais il est un moment de la vie des femmes, où leur cœur est pur et vierge. C'est lorsqu'elles n'ont encore aimé

que Dieu et leur mère ; à ce moment la femme
ést un ange, un ange terrestre et beau, un
ange plus intéressant que les anges du ciel,
parce qu'il peut faillir ; un ange qui resterait
ange, qui serait un objet continuel de respect
et d'adoration, si le créateur n'avait pas voulu
que la femme fut faible, pour descendre au
niveau de l'homme ; et soumise, pour se faire
de sa chûte un devoir, afin d'échapper à l'a-
vilissement. Mais, avant cette chûte tant désirée par nous, qui n'aimons la pureté d'une
femme qu'à la condition de la lui faire perdre, son cœur pur est aussi étranger à la
fausseté que le nôtre à la franchise ; il croit
aux sentimens qui veulent s'y glisser, à toutes
les paroles qui sont l'expression de ces sentiments. Ils s'ouvre avec bonheur aux nouveaux
hôtes qui se présentent à lui ; l'amour pour
la créature, vient sans le corrompre, s'unir à
l'amour pour le créateur ; dans cette sainte
union, les deux amours n'en font qu'un. Pour

son amant aussi bien que pour son Dieu, la femme pure se ferait martyre, mais il ne faut pas qu'elle puisse un instant douter de celui qu'elle aime. Il veut être placé dans sa pensée aussi haut sur la terre que son Dieu dans le ciel ; elle ne peut pas plus douter de l'un pour rester pure, que de l'autre pour demeurer chrétienne.

Ah, qu'il serait beau de voir une femme lever sur vous des yeux qui ne se sont fixés que sur la voute céleste ; qu'il serait beau de la voir chercher dans vos regards, un monde qui lui est inconnu, consentir à quitter la terre pour venir l'habiter avec vous. Et, dans cette nouvelle sphère agitée de pensers divers, rester pure comme au temps de son ignorance. Si le hasard jette sur nos pas une femme de cette nature, nous hommes d'un monde perverti, nous devons la fuir, ou nous condamner à des remords plus grands mille fois que de tromper cent maîtresses, et de ruiner mille créanciers. Ce n'est pas un amour comme les amours des cent maîtresses, qu'on inspire à cette femme pure, dont le cœur bat pour la première fois. Vous êtes pour elle plus que sa famille, plus que sa patrie, plus qu'elle-même : vous êtes sa vie, sa pensée, vous êtes l'air qu'elle respire, il semble qu'elle n'a rien vu, rien su, jusqu'au jour où vous l'avez aimée. Ce jour là, elle a oublié tout son passé, et, dans l'avenir, elle ne voit et ne désire que le présent. Que lui fait que la terre qu'elle habite avec vous soit peuplée, qu'il y ait des hommes, des passions, des ambitions, des fortunes; elle n'a qu'une passion, qu'une ambition, qu'une fortune; tout cela est résumé dans le mot, *il m'aime*. Elle doit perdre tout cela le jour où ce mot deviendra un mensonge, et, bientôt après, perdre ce trésor, que rien ne pourra lui rendre, la pureté de son cœur.

Alors cette jeune et belle victime de notre

tyrannie descendra dans la tombe peut-être,
sans même nous maudire, ou, en nous maudis-
sant, tombera dans l'infamie.... Tu conçois,
mon cher, que j'ai dû dire à ma sœur que tu te
moquais d'elle.

— Ta sœur est donc une femme pure qui
n'a jamais aimé?.

— Jamais ; et tu conçois qu'il n'était pas
prudent de lui laisser prendre de l'amour pour
toi. Elle est à l'âge des passions, et ç'eût été
fait de sa raison. Et puis, je veux la conserver
raisonnable. J'ai besoin qu'elle veille pour moi,
qu'elle se conserve pour moi, qu'elle n'aime rien
surtout, afin d'avoir à moi seul son affection ;
et tant que l'amour ne viendra pas la troubler,
le sentiment fraternel restera vif et puissant
dans son âme ; mais, si ce tyran vient me dis-
puter mon terrein, je n'y demeurerai pas long-
temps. C'est à tort qu'on croit le cœur capable
de sentir également plusieurs amours : il y en
a toujours un dont l'attraction puissante ap-

pelle tout à lui, et laisse les autres mourir dans l'oubli. Tant que je le pourrai, j'écarterai les rivaux qui pourraient m'enlever ma sœur, et la rendre à jamais malheureuse.

— Oui, tu déguises, sous l'apparence d'un tendre intérêt, un sentiment d'égoïsme, et j'ai presque envie de devenir ton rival. Je ne vois pas pourquoi je n'essaierais pas d'une femme pure.

— Parce que je te défends de tromper ma sœur.

— Je ne la tromperai pas, parole d'honneur !

— Nous trompons toujours les femmes que nous ne voulons pas épouser, et assurément tu ne veux pas épouser ma sœur ?

— Mademoiselle Augustine est charmante.

— Oui; *touchez là*, *vous n'aurez pas ma fille.*

Après cette conversation, il fut convenu en

7

tre les deux amis qu'Henri serait plus sérieux
avec Augustine, et qu'il viendrait moins souvent ; mais le départ de Julien pour les eaux
devait rendre bientôt Augustine à sa solitude.

CHAPITRE IV

Que de bruit pendant ces trois mois passés avec son frère! quelle foule d'hommes avait glissé sous ses yeux! Eh bien! pas un de tous ces jeunes hommes n'avait fait impression sur son âme. Henri même lui paraissait un enfant, et ce fut sans peine qu'elle oublia le léger battement de cœur qu'il lui avait causé, tout en s'avouant que, s'il ne se fût pas moqué d'elle, elle aurait pu avoir la folie de l'aimer.

Cette petite épreuve l'avait mise sur ses gardes pour l'avenir. Elle voulut se corriger du défaut commun aux filles de trente ans, de vouloir en paraître quinze pour le caractère; tant de fois Julien l'avait sermonée sur ses petites manières enfantines, raides et composées, qu'elle était décidée à se donner une autre allure.

Son frère lui avait répété cent fois : « A ton » âge, il faut se faire homme, s'occuper, fuir » l'ennui. »

Elle voulait suivre les avis de Julien, et se mit à penser aux moyens de fuir l'ennui, de s'occuper, et de se faire homme.

—

Pendant qu'Augustine travaille à changer sa nature, Julien obéit à la sienne. Les eaux lui sont ordonnées : il s'inquiète bien plus de savoir celles qui lui offriront le plus de distraction, que celles qui le guériront mieux. Du reste, les gens simples s'imaginent que, pour aller aux eaux, il s'agit de se mettre en diligence, de descendre dans l'hôtel où coule la source, de vivre là tranquille, de boire de cette eau limpide, de s'y baigner, de dormir, de se promener, et cela pendant deux ou trois mois, plus ou moins, selon la maladie. On croit les eaux un rendez-vous de malades ; on se figure trouver autour des bains des hommes en bonnets de coton et des femmes en cornettes, des figures pâles et maigres, une espèce d'infirmerie au grand air ou un hôpital en miniature. Pas du tout : ce qui étonne, au contraire, les habitués, c'est d'y rencontrer des malades. C'est assez pour faire fuir ceux qui se portent bien, et les baigneurs ne sont nullement satisfaits lorsque cela leur arrive.

Les eaux sont un rendez-vous de la bonne compagnie, c'est-à-dire des gens à la mode. On s'y rend pour fermer sa maison et faire des économies, pour fuir Paris au moment où les théâtres sont voués aux *doublures*, et ne

reçoivent plus que la bourgeoisie. Les eaux
servent de délassement aux oisifs, de refuge
aux intrigants, de prétexte aux amants pour
se retrouver sans s'être donné de rendez-vous.
Elles servent surtout de théâtre à la coquetterie : les femmes qui n'ont plus à Paris de
salon pour étaler leurs brillantes parures, en
trouvent un tout disposé pour les recevoir. Là,
chaque soir, elles font assaut d'élégance et de
luxe. C'est un concert qui les attend, c'est un
bal, c'est un spectacle, c'est un souper splen-
dide, ce sont des jeux de toute sorte, où l'on
perd de l'or autant que jadis à Frascati ; ce sont
enfin tous les plaisirs réunis autour de la statue d'Esculape, étonné des cures qu'il a
faites.

C'était dans une de ces réunions mondaines
à Bagnères, que Julien devait passer plusieurs
mois. Julien était trop connu à Paris pour ne
pas se trouver là en nombreuse société d'amis.
En effet, une dizaine s'emparèrent de lui, à son

arrivée, le présentèrent à une vingtaine d'autres ; ceux-ci le lancèrent dans le tourbillon, et huit jours ne s'étaient pas écoulés que Julien était le héros des eaux. Son bras en écharpe attira toutes les attentions : les femmes croyaient à un duel, les hommes à une orgie. Les unes l'honoraient de leur profonde estime pour s'être battu, les autres de leur haute considération pour s'être enivré. Il sortit de tout cela des importunités sans nombre pour Julien. Si l'on jouait un proverbe, une comédie ou un opéra, il fallait que Julien acceptât le premier rôle. Il chantait mal ; n'importe! on aimait ses fausses notes. Il était beau joueur ; on le mettait de toutes les parties. Il parlait bien ; on lui faisait raconter des histoires. Il lisait bien ; les revues, les romans étaient soumis le soir à son bel organe. Il détestait la danse ; eh! le moyen de refuser une jolie dame qui vient vous inviter ! il dansait!

On ne le laissait pas plus en repos quand il

s'agissait de parties de cheval, de parties sur l'eau ou en calèche. Et les dîners sur l'herbe, qui le mettaient aux prises avec les mouches, les fourmis, la poussière! les dîners sur l'herbe, il les subissait comme le reste.

Ennuyé de tout ce qu'on lui faisait faire, malgré lui, il voulut se choisir une occupation sans le conseil des autres. Sur quarante femmes à peu près qui se trouvaient aux eaux, il y en avait vingt qui touchaient au demi-siècle, dix presque laides, et dix autres jeunes et jolies, mais aimées ou à marier, et alors point attaquables par Julien, qui ne voulait ni duel ni sacrement.

Cependant, que faire dans un cercle de femmes, si l'on n'y fait sa cour? Il se décida à chercher sa proie parmi celles qui n'étaient ni filles ni amantes; les veuves et les femmes mariées dont les maris n'étaient pas là, lui offraient une exploitation beaucoup plus commode : ce fut vers ce troupeau de femmes enchaînées et libres tout à la fois, qu'il dirigea ses attaques. Mais la plupart semblaient répondre avec tant d'empressement aux agaceries du jeune fashionable, qu'il ne mit pas long-temps un grand zèle à les poursuivre, et se contenta de jeter des balons çà et là, que les femmes auxquelles il s'adressait laissèrent perdre ou ramassèrent, selon leur désir.

Une seule femme du cercle ne faisait aucune attention à Julien; on la nommait la Comtesse Héléna; c'était la seule femme titrée qui se trouvât à ce moment aux eaux. Elle y était seule, sans autre suite qu'une femme de chambre; elle ne parlait jamais de ses relations, ni de sa famille, ni de sa fortune; pourtant on la supposait riche et de noble origine; elle était polie avec tous les habitants des eaux, mais elle évitait la familiarité; sa dignité inspirait une retenue de bon goût, qu'elle pratiquait elle-même : les rires bruyants, les plaisanteries hasardées, ce qu'on appelle le sans-gène du monde, faisaient place aux jeux de l'esprit, à la gaîté aimable, et aux bonnes manières, dès qu'elle paraissait. Personne ne se donnait le mot, pourtant, mais on: la regardait, et le plaisir de l'imitation faisait le reste.

La Comtesse était belle, ses traits étaient réguliers et nobles, sa taille élevée, son sourire rare, mais gracieux, son regard observateur et doux. Mais on ne savait pas si ses épaules étaient blanches, si ses bras étaient arrondis : elle dérobait ces charmes que les femmes aiment tant à montrer. Sa mise, d'un goût exquis dans sa simplicité, était comme un reflet de son esprit, l'art n'y paraissait pas; ce qui couvrait sa personne était beau par soi-même, comme les pensées qui s'échappaient de ses lèvres. Il fallait avoir une grande habitude de la coquetterie pour deviner que la Comtesse y avait eu recours, comme il fallait aussi avoir une grande habitude de deviner le savoir chez les autres, pour reconnaître tout

ce que son esprit renfermait d'instruction.
Son arrivée dans le salon y jetait un doux
parfum.

Comme je l'ai dit, cette femme n'avait fait,
ou paru faire aucune attention à Julien. Jamais
elle ne lui avait demandé de jouer la comédie,
ni de lire, ni de danser ; la Comtesse ne dansait
pas, lisait elle-même les ouvrages qu'elle voulait connaître, et trouvait tous les acteurs des
eaux aussi bons les uns que les autres, pour
mieux dire, aussi mauvais. La Comtesse paraissait plus ou moins jeune, selon un air de
physionomie qu'elle se donnait à volonté, ou
qu'elle devait au reflet de ses pensées du
jour.

Julien, après avoir étudié toutes les femmes
qui meublaient les eaux, ne trouva que la
Comtesse digne de ses soins. Pourtant cette
femme n'était plus de la première jeunesse ;
son esprit était plutôt raisonnable que brillant ;
elle se gardait de montrer des talents dans ce

salon éphémère, si bien qu'on ignorait qu'elle
en eût. Mais elle se distinguait par sa froideur,
on pourrait dire par une espèce de dédain
pour le jeune homme tant fêté, tant désiré par
les autres femmes. Lisait-il, Héléna paraissait
penser à autre chose, et ne l'écoutait pas;
jouait-il un rôle, elle n'assistait pas à la représentation; s'il racontait quelques folies, pour
amuser les dames du cercle, elle devenait aussi
sérieuse que les autres gaies. Julien lui pré-
sentait-il la main pour l'aider à passer dans un
salon, elle trouvait mille prétextes pour la lui
refuser, et rompait de la façon la plus habile
les entretiens que Julien commençait avec elle.

La conduite de la Comtesse était en contraste
frappant avec celle des autres femmes. Un
jour qu'elles avaient toutes loué Julien dans
son jeu spirituel, dans sa manière de dire
les vers, dans sa grâce à danser, l'une des
plus enthousiastes demanda à la Comtesse ce
qu'elle pensait de ce charmant convive.

— Rien, répondit-elle froidement. Je fais peu de cas, chez les hommes, des qualités qui vous charment en celui-ci, et je ne lui en ai pas deviné d'autres jusqu'à présent.

Il y a dans Paris, continua-t-elle, avec un sourire méprisant, une secte d'hommes que je déteste, et je crains bien que ce jeune homme ne fasse partie de cette secte méprisable.

Un ami de Julien qui était resté là tant qu'on avait loué son ami, disparut au moment où il fallait le défendre.

Les femmes changèrent de conversation : quelques-unes chuchottaient entre elles, en regardant la Comtesse avec étonnement.

Julien entra : il vit tout de suite qu'on venait de s'occuper de lui, et après le salut d'usage il prit le bras de son ami, passa dans un autre salon, et l'interrogea.

— Mon cher, dit le jeune homme, toutes ces femmes sont folles de toi.

— Elles trouveront en moi un véritable in-
grat, dit Julien. Il n'y en a pas une pour qui
je voulusse perdre une heure de sommeil. Je
commence à m'ennuyer ici : je n'y resterai
pas long-temps. Ah! mon cher, il n'y a de bon
que Paris. Là on fume à son aise, on va partout ou nulle part; on s'habille comme on
veut ; on mange quand on veut, ce qu'on veut;
on se lève à l'heure qu'on veut, on se couche
de bonne heure, tard ou jamais. On trouve
sous sa main cent femmes plus jolies les unes
que les autres, sans avoir besoin, pour leur
plaire, de faire sa cour, métier insipide, ocu-
pation indigne de la gravité de l'homme, dont
le résultat ne vaut jamais la peine qu'on se
donne, et le temps qu'on y perd.

Ah! mon Paris, ma bonne ville! mes rues
crottées, vivantes, turbulentes; mes riches
équipages; mes femmes de dentelles, de soie,
de plumes, de diamants; mes grisettes, mes
coquettes , mes belles danseuses, quand vous

retrouverai-je ?.. Mon air épais et libre, quand te respirerai-je !.....

J'étouffe ici : obligé d'avoir bon ton ; moi, bon ton ! moi l'homme du désordre, forcé de payer toutes les semaines mes dépenses ; moi, paresseux comme le moine de Boileau, étudier, apprendre des rôles ! Moi, qui dors tous les soirs aux ravissants accords de Rossini, de Meyerberr, forcé de veiller pour écouter et applaudir les voix criardes de ces pierrettes chantantes.... C'est à n'y pas tenir.

Je ne resterai pas ici quinze jours. Je fuis ces femmes qui sont, dis-tu folles de moi, et cela sans vertu je t'assure ; car en les quittant je laisse l'ennui derrière moi. Je n'ai jamais été aimé de ma vie, et certes ce n'est pas de ces espèces de marionettes que je désire faire battre le cœur. A quoi sert d'être aimé, d'ailleurs, je te le demande ? pour moi, je trouve dans cette pensée une gêne horrible ! Être aimé un quart d'heure, une heure, un jour, c'est bien, c'est très-bien, c'est tout ce qu'il faut pour se distraire; et comme on peut renouveler tant qu'on veut ce quart d'heure, cette heure, cette journée, la vie s'écoule ainsi et l'on a pu croire à une passion éternelle.

Mon cher, conçois-tu un être assez malheureux pour inspirer une passion éternelle! Mais c'est pis qu'une condamnation à perpétuité! Tu dis-donc qu'ici toutes m'adorent.....

— Ah! répond le jeune ami, toutes n'est pas le mot. Il y a une exception.

— Une exception? Je voudrais bien voir!...

— Oh! c'est tout-vu; celle-là ne partage nullement l'enthousiasme des autres femmes sur toi. Elle s'est expliquée très-sèchement sur ton compte; « elle fait peu de cas de tes qualités » et déteste la secte dont tu fais partie ». Ce sont ses propres mots.

— Quelle est la pédante ou la mal avisée qui se permet de tels propos sur moi? Est-ce une fille, une femme ou une veuve; je ne

ménagerai pas plus l'une que l'autre. Dis-moi
vite son nom : j'ai hâte de préparer mon attaque.

— Oh ! c'est la femme la plus insignifiante
des eaux ; elle ne mérite pas ta colère, c'est la
Comtesse.

— La Comtesse !... Eh quoi ! cette colonne
de neige ou de glace, cette froide momie ne
fait pas cas, dis-tu....

— De tes qualités.

— Et elle déteste....

— La secte des hommes dont tu fais partie.

— Elle déteste ! Eh bien, au moins, voilà
un sentiment prononcé. Détester ma secte
c'est me détester moi-même. Elle ne fait pas
cas de mes qualités ? Je voudrais bien savoir
où elle les a étudiées mes qualités, où elle a
pris connaissance de mon caractère, de mon
esprit : je n'ai jamais échangé que des mono-
syllabes avec cette prude. Mais a-t-on jamais
subi pareille raillerie ? On viendra aux eaux

de Bagnères ; on fera deux cents lieues pour qu'une grande pâle vous juge et vous tourne en ridicule.

Elle déteste !... A mon tour je me sens cruellement disposé à la haïr.

— Prends garde, tu disais à l'instant, les extrêmes se touchent. La Comtesse est une de ces femmes graves et de bon ton auxquelles nous sommes antipathiques.

—Je ne veux être antipathique à personne, et ta femme de bon ton est de très-mauvais goût.

— Elle trouve extraordinaire, peut-être, que tu te transformes ici en histrion, en lecteur et en danseur.

— Elle doit me trouver délicieux dans mes rôles d'amoureux, charmant dans mes lectures, et ravissant dans mes entrechats.

—Tu es fou.

—Tu aurais dû prendre ma défense pour voir jusqu'où iraient ses critiques.

— Elle a jeté ces mots que je t'ai répétés sans paraître y attacher d'importance.

— Mais c'est d'une impertinence qui n'a pas de nom.

— Ah bah ! que te fait cette femme et ses réflexions.

— Beaucoup. Ce soir même, je vais dire adieu à toutes ces bégueules.

— Tu es fou, te dis-je...

— Je te dis que je m'ennuie ici.

Les deux amis rentrèrent ; toutes les femmes étaient autour d'une grande table où roulaient cent petits ouvrages plus jolis les uns que les autres. La Comtesse tenait un livre, c'était les Méditations de Lamartine, elle leva les yeux au bruit que fit Julien, en approchant brusquement une chaise auprès d'elle. Et, sans manifester aucune surprise, elle reprit sa lecture.

Julien reconnut les vers qu'il avait lus la veille.

— Je croyais, dit-il, madame, que vous

connaissiez ce divin morceau ; car vous assis-
tiez hier à la lecture qu'on me pria d'en faire.

— Oui, dit-elle, mais j'aime à lire moi-
même les ouvrages qui méritent de laisser un
souvenir.

— C'est que, probablement, je lisais mal,
et je n'ai pas eu le bonheur de vous en faire
sentir les beautés.

— Pardon, monsieur,

—Ah ! cependant,... si, hier, vous aviez goûté
ces stances, vous ne les reliriez pas aujourd'hui.

— Pourquoi ?

— Parce qu'il eût été plus naturel d'en lire
d'autres.

— Je ne vois pas cela.

— Du reste, vous pourrez les lire toutes
maintenant, car je n'aurai plus l'honneur de
vous servir de lecteur.

— Ah ! et pourquoi cela, monsieur, dit-
elle, avec un ton satisfait.

— Parce que je pars demain.

Elle parut frappée d'un coup inattendu, plaça sur la table le livre qu'elle tenait, et promena ses regards indécis sur les objets qui la couvraient. Fixant tout-à-coup son attention sur le travail d'une jeune femme, placée à côté d'elle.

— Cela paraît charmant, dit-elle, avec une voix qu'on pouvait croire émue.

Celle-ci lui présenta l'objet qu'elle brodait.

— C'est une blague, dit Julien, qui se pencha pour observer de plus près l'expression de la Comtesse.

— Jamais, continua-t-il, on n'osera mettre la dedans des cigares.

— Un autel n'est jamais trop beau pour y placer des idoles, reprend la Comtesse ironiquement.

— C'est une habitude qu'on peut critiquer, dit Julien, mais qui ne fait de mal à personne.

— Qu'à ceux qui l'ont, dit la Comtesse.

— S'ils s'en trouvent bien.

— Ils peuvent se tromper sur cette habitude-là comme sur toutes celles qu'ils adoptent.

— Quand on est heureux d'une manière d'être, on doit la garder.

La Comtesse jeta sur Julien un regard sévère.

— Cela peut ne pas paraître très-moral, reprit-il avec grâce, mais c'est commode.

La Comtesse se leva et se dirigea vers le jardin; Julien voulut la suivre.

— Restez, monsieur, dit-elle, ces dames voudront recevoir vos adieux.

— Eh bien, dit-il, en la laissant aller, puisqu'il lui est si indifférent que je parte, je resterai. Mais je vais cesser de me gêner, puisque mon bon ton n'est point apprécié par la seule femme pour qui je m'efforce d'en avoir. Je vais reprendre mes habitudes; je reviendrai à mes cigarettes beaucoup trop négligées; je vais choisir sur les divans les coussins les plus moelleux, pour m'y étendre à mon

aise. Allons, allons, ne forçons pas notre ta-
lént. Revenons à la nature; dessinons-nous,
dès ce soir; faisons du scandale, animons ces
jeunes écervelés qui cachent, sous l'apparence
de la raison, le désir ardent de faire des folies.
La folie n'est-elle pas la devise de la jeunesse!
celui qui ne l'accepte pas est un sot ou un
tartuffe. Mettons en lumière les penchants de
ces jeunes époux, de ces jeunes amants, et
prouvons à leurs tendres moitiés que leurs
héros sont des hommes.

Il se promenait à grand pas dans le salon,
agité et se parlant en soi-même. Les femmes
le regardaient et se disaient entre elles : il
étudie son rôle.

Mon rôle! pensa Julien, oui, oui, j'étudie
mon rôle, et j'espère y être sublime. Celui-ci
du moins est dans mon caractère. Il sortit
brusquement.

— Qu'a-t-il donc, disaient toutes les da-
mès !

Un quart d'heure, une demi-heure, une heure se passèrent sans que Julien reparut. Et la soirée semblait triste, malgré les maris et les amants qui revenaient, les uns de la chasse ou de la pêche; d'autres, artistes amateurs et surtout sentimentals, arrivaient munis d'un album où ils avaient déposé un souvenir. Ceux-ci étaient appelés par de jolis yeux qui voulaient admirer ce travail charmant

Dix heures allaient sonner; chacun pensait à se retirer chez soi, lorsque les deux battans de la porte s'ouvrirent.

Des laquais portaient une longue table couverte de mêts appétissans. De larges vases renfermaient des spiritueux, d'où s'élevait une flamme haute et azurée; dans des seaux d'argent, était pressé sous la glace le vin de champagne, et des parfums enivrants brûlaient sur des réchaux antiques. Des corbeilles de fruits se mêlaient à des fleurs odorantes. On établit autour de la table, placée sur des pieds très-bas, un cercle de divans à la manière des Turcs.

Tout le monde fut étonné.

— Mesdames, dit Julien, avec une gaîté charmante, jusqu'à présent nous n'avons représenté, dans nos comédies, que les mœurs françaises, permettez-moi de vous offrir une représentation gastronomique selon les habitudes de l'Orient. Vous ne me refuserez pas, j'espère, d'y venir jouer le rôle d'aimables convives.

— C'est charmant! c'est charmant! dirent-elles toutes, en jetant leurs ouvrages et prenant place sur les carreaux.

Les hommes et les femmes se trouvaient assis les uns près des autres, sans la distance bienséante des siéges séparés

On doit penser que dans ce repas sans étiquette, ceux qui s'aimaient le plus ne se rapprochaient pas le moins.

Julien, comme amphytrion, se plaça pour

en faire les honneurs, au milieu de la table, ayant pris soin de mettre à ses côtés les deux plus jolies femmes du cercle.

L'exorde du souper fut un toast à la beauté, auquel répondirent tous les convives, en vidant plusieurs fois la liqueur mousseuse que Julien versait, sans réserve, dans les verres de cristal qu'on lui présentait sans crainte. Les pâtés au piman, les truffes, déguisées dans tous les mets pour se faire accepter, avaient pris vingt formes trompeuses. Des liqueurs actives, sous l'apparence de gelées légères et limpides ; toutes ces merveilles de l'art du gastronome, faites pour exciter l'appétit et troubler le cerveau, ne tardèrent pas à échauffer les imaginations et inspirèrent une gaîté factice, comme les moyens qui l'avaient provoquée.

Julien plus hardi que les autres, plus habitué à la lutte, la soutenait avec avantage ; il voulait jouir du triomphe d'avoir fait tomber plus bas que la brute, des hommes qui se

croyaient honorables; il voulait voir la folie
succéder à la gaîté, le désordre à la folie, et la
honte succéder au désordre, pour proclamer
ensuite que tous les hommes sont fous, désor-
donnés et vils. Plusieurs entraînés par les
femmes échappèrent à cette orgie improvisée.
Mais assez de victimes restèrent encore pour
amuser ce jeune Méphistophèles d'une nuit.
Deux couples n'avaient pas quitté le banquet,
leurs jeunes maris buvaient, fumaient, chan-
taient et se livraient avec leur hôte à toutes les
extravagances que celui-ci leur inspirait. Lorsque toutes les têtes furent perdues, Julien
voulut insulter l'une des femmes que le sommeil protégeait contre le spectacle qui se passait auprès d'elle. Cette femme, belle comme
les anges, avait son époux à ses côtés : celui-
ci, n'écoutant que la fureur, saisit un couteau
et menace Julien. Une lutte s'engage ; le jeune
homme témoin de cette scène horrible veut les
séparer, mais la force lui manque, tous trois

luttent entre eux, se heurtent, se frappent, tombent épuisés de fatigue et d'ivresse sur le parquet qu'ils baignent de leur sang. Ils s'engourdissent dans un stupide sommeil, oubliant, sous l'égide de l'infamie, l'injure et la réparation.

Bientôt les deux jeunes femmes se réveillent, elles ont peine à se rappeler où elles sont, ce qui s'est passé, ce qui leur est arrivé. Mais, à la lueur d'une coupe où brûlent encore quelques vapeurs bleuâtres, elles voient les débris du festin, et des hommes qui dorment à terre. Sans proférer une parole, sans se dire leurs pensées, elles se prirent la main comme pour se prêter secours, et s'enfuirent en rougissant chez elles; mais leurs maris n'y étaient pas : hélas ! une erreur d'un moment les ont séparés d'elles. Oh ! pensent-elles avec effroi, si cette nuit devait se renouveler, si nous étions condamnées à voir se dégrader ces époux que nous mettons notre gloire à honorer, notre bonheur à chérir. Si nos nuits devaient se passer dans l'attente et la crainte, pendant que d'affreuses joies les retiendraient loin de nous. Si l'attrait du désordre allait les saisir, allait s'en rendre maître, allait nous chasser de leur cœur. Oh ! prions, prions, pour que les instants qui viennent de s'écouler ne laissent aucune trace dans leur âme... Ah ! qu'il soit maudit celui qui veut perdre les autres !!...

CHAPITRE V.

— Antoine, quel est donc ce bruit que j'ai entendu ce matin.

— Ce matin, monsieur ? on n'a pas fait de bruit.

— Cette nuit, peut-être ?

— Cette nuit, tout le monde a reposé, Dieu merci, l'autre nuit avait été si agitée.

— Agitée, pourquoi ?

— Monsieur devrait le savoir, puisque c'est lui qui a causé le tumulte.

— Moi?

— Sans doute. Et puis, à trois heures du matin, cette grande dame nous a donné de la besogne aussi. Cette grande dame si polie avec tous les domestiques, qui ne demandait jamais rien, sans dire je vous suis obligée, qui ne recevait rien sans dire merci, qui ne nous faisait jamais veiller, et toutes les semaines nous donnait des gratifications pour ce qu'elle ne nous faisait pas faire, tandis que d'autres nous occupaient beaucoup sans nous donner de gratifications. Dieu sait, comme cette petite blonde m'a fait courir, moi! et cette belle brune, et cette vieille folle. Oh! bon Dieu, il faut n'avoir rien à faire pour savoir au juste ce que c'est que la besogne. Monsieur, en un an, à Paris, ne fatigue pas mes jambes comme elles l'ont été ici depuis un mois, Eh! faut-il avoir du malheur! la seule personne

qui donnait des profits et pas de peine. Ah !
mon Dieu ! faut-il avoir du malheur !... Du
reste, j'ai joliment aidé sa femme de chambre,
mademoiselle Anna ; pendant que Monsieur
dormait, j'ai fait des malles, des commissions,
j'ai porté des lettres à la poste avec des cachets
superbes ! Du reste, je n'ai pas eu à me re-
pentir de mon zèle. Tenez, Monsieur, vous
voyez ces deux belles pièces d'or toutes neu-
ves, elle me les a données en partant.

— En partant ?... dit Julien, sortant furieux de son lit, et saisissant son domestique
au collet, que dis-tu, misérable, qui est-ce
qui est parti, parle-donc, ou je t'étouffe.

— Ah ! monsieur, pardonnez, je vous prie ;
ce n'est pas ma faute si la Comtesse à préféré
l'Italie à la France. Si elle a mieux aimé partir hier, que rester.....

—Partie, sans dire un mot ! Qui l'a décidée
si promptement, hier ? ah ! que dis-je, hier,

sais-je ce que je dis.....? Quel jour sommes nous ?

— Le 27 juin 1837.

— Imbécile, je ne te demande pas cela, que me fait la date et l'année. C'est le jour qu'il me faut.

— Mardi.

— Antoine!

— Monsieur.

— Tu vas faire mes malles.

— Monsieur veut aller ?....

— En Italie.

— Pour suivre la Comtesse ?

— Peut-être.

— Monsieur aura tort.

— Vraiment!

— Ah! très-tort.

— Pourquoi cela ?

— Parce que..., je ne sais pas si je dois.

— En finiras-tu ?

— C'est que...

— Eh bien ?

— La Comtesse....

— La Comtesse ?

— La Comtesse n'aime pas Monsieur.

— Qui t'a dit cela , faquin ?

— Mademoiselle Anna.

— Ah!...

— Mademoiselle Anna m'a dit que madame la Comtesse quittait les eaux à cause de Monsieur, qui s'y conduisait très-mal ; que la présence de Monsieur avait détérioré toute la société des eaux ; que Monsieur se permettait de faire des orgies, et qu'elle allait s'affranchir au plus vite d'une société qui ne pouvait lui convenir sous aucun rapport.

En effet, disait mademoiselle Anna, ma maîtresse est étrangement déplacée ici, au milieu de ce monde corrompu. Je voulus défendre Monsieur, mais..... Madame la Comtesse ,... me dit Anna....

— Assez. Ces impertinences me fatiguent.
Antoine!

— Monsieur?

- Mes bottes.... Ah! madame la Comtesse,
vous me trouvez un homme de mauvaise compagnie!.... Mon habit, mon chapeau!

— Monsieur sort?

— Oui; fais mes malles.

— Les malles de Monsieur?

— Que dans une heure tout soit prêt.

— Il suffit.

Midi sonnait, Julien fermait les stores d'un
coupé que des chevaux de poste emportaient
avec ardeur; son valet, enveloppé dans un manteau écossais, dormait profondément dans le cabriolet de derrière, s'inquiétant peu du chemin
que prendrait le postillon, pourvu qu'il lui
donnât le temps de réparer les deux nuits d'insomnie qu'il avait passées en l'honneur des
paquets et des malles. Que lui importait, une
fois établi et ronflant, que son maître fît crever

des chevaux pour courir après une femme qu'il n'avait pas même, pour excuse de sa folie, le bonheur d'aimer; d'une femme dont le seul avantage était d'avoir blessé son amour-propre, en paraissant le dédaigner. Pourtant il va, pour elle, traverser la France, se fixer un temps dans un pays étranger, dépenser des sommes qu'il n'a pas, perdre son temps, agraver sa blessure, se faire pauvre et malade, le tout pour poursuivre cette femme avec le désir de la compromettre, la séduire, la tromper, la déshonorer, et la flétrir d'un abandon bien méprisant. Voilà les pensées qui le soutiennent en route, et lui font désirer avec ardeur de rejoindre la Comtesse. Il sait qu'elle doit s'arrêter à Florence, elle reposera sans doute au moment où il arrivera dans la ville. Le plus bel hôtel a dû recevoir la Comtesse Héléna; il s'y fait conduire.

En effet, elle s'y est arrêtée la veille un instant, et le postillon a eu ordre de la conduire à la Villa, habitation du prince de Pazzi. Ce prince est un parent très-rapproché de la Comtesse; c'est ce qu'assure le maître de l'hôtel, à qui mademoiselle Anna, femme de chambre de la Comtesse, l'a dit.

Julien ne s'attendait pas aux alliances princières de la Comtesse. Tant de femmes qui eussent été heureuses d'être même de simples bourgeoises, s'étaient parées devant lui d'un titre pareil, qu'il avait douté qu'on pût accorder celui-ci à la grande dame pâle des eaux; et, lorsqu'il apprit qu'une couronne de prince anoblissait sa famille, il recula de quelques pas devant son entreprise.

— Allons, courage, dit-il : n'ai-je pas vu les plus belles femmes à mes pieds ? n'étaient-elles pas princesses aussi, n'étaient-elles pas reines quelquefois?... Oui, mais reines de comédie. Eh! qu'importe! le monde est un grand théâtre où chacun joue son rôle; le mien aujourd'hui est de donner une leçon à la grande dame prude

et pédante ; marchons.... La Villa de Pazzi est
célèbre par sa beauté, par les chefs-d'œuvre
qu'elle renferme ; je dois, comme voyageur,
ne pas négliger de la visiter ; je sais trop bien
vivre pour ne pas demander à présenter mes
hommages au prince ; il me reçoit, je suis aimable, je suis très-aimable, je trouve tout
sublime ; j'enchante mon hôte ; il m'invite à
revenir, car rien n'est plus facile, chez les Italiens et les Français, que de se faire inviter.
Je reviens, j'admire plus encore ; il me raconte
son histoire ; j'apprends qu'il a une parente
que l'on nomme Comtesse Héléna, il me présente à elle..... le reste me regarde.

Julien se fait conduire à la villa du prince.
C'était l'heure où le soleil ardent de l'Italie
brûle l'atmosphère, c'était l'instant où l'Italien
se livre au sommeil réparateur : le riche, couché mollement derrière sa jalousie ; le pauvre,
à l'abri d'un mur ou d'un arbre, tous ont be-

soin de se soustraire à l'influence trop vive de la chaleur affaiblissante.

Julien seul traversait les rues et les quais, puis les chemins brûlés, sans songer à la fatigue, sans éprouver de malaise, sans même se douter que, sur sa route, étaient mille objets intéressants dignes de fixer son attention ; sans apercevoir les beautés que la nature a répandues sur cette terre des arts et de la gloire ; et cette impatience d'arriver au but de sa course, et ce dédain pour tout ce qui devait l'arrêter, cette fièvre qu'on éprouve au retard d'un succès ou à l'approche d'un danger, ou, plus encore, au moment d'un bonheur attendu depuis long-temps, qui doit combler le présent et l'avenir, cette fièvre du désir pour ce qui est beau et grand, Julien la ressentait pour un caprice qui devait être suivi du déshonneur d'une femme.

Il arrive enfin devant cette Villa tant souhaitée. Son guide l'abandonne seul devant cette habitation de l'opulence. Malgré lui il se sent imposé par l'importance de ses murailles. Avant de chercher à s'introduire, il jette un coup-d'œil autour de lui. La nature lui sembla si majestueuse qu'il se sentit écrasé par elle. Oh! qu'en effet il était petit et mesquin cet homme, au pied d'un lac sans limite, dominé par des monts qui s'élèvent aux cieux! Qu'il était peu de chose faisant servir son esprit, sa raison, son âme, à écouter, devant cette nature sublime, des passions misérables. Il eut un instant l'idée de changer ses projets. Soit fatigue ou réflexion, il eut une lueur de raison.

— Que vais-je faire, se demanda-t-il? Ne vaut-il pas mieux finir là mon entreprise?... Il s'assied sur un gazon fleuri : le bruit monotone des eaux qui venaient se briser sur la plage, la solitude, le silence que n'interrompait aucune voix humaine; tout cela engourdit ses membres fatigués par le voyage, et

pendant plusieurs heures, un sommeil profond s'empara de lui.

Mais quel bruit le réveilla? Un brillant équipage, traîné par six coursiers fougueux, entouré d'une escorte nombreuse et étincelante
d'or et de broderies, s'annonça au loin par un
son de trompette, qui sonna trois fois un accord harmonieux. Julien, éveillé par ce bruit
inattendu, se trouva tout-à-coup devant un
homme en costume chamarré d'ordres et de
pierreries. La figure du prince (car c'était le
prince) était noble, belle et imposante, le faste
qui l'entourait répondait aux dignités dont il
était revêtu.

Le soleil, qui rendait plus brillants encore
les ornements répandus sur les équipages du
prince, achevait d'éblouir les yeux. Julien, à
son réveil, put se croire le jouet d'une scène
magique. Le prince fit arrêter sa voiture pour
en descendre et demander à l'étranger de l'honorer de sa visite. La mise de Julien, sa peau

blanche et lisse, les petites moustaches qu'il portait le firent prendre pour un artiste français, et le prince avait un trop grand amour des arts, pour ne pas protéger partout ceux qui les professaient. Julien balbutia quelques mots de remerciements, suivit la suite du prince, vit la grille d'or se fermer derrière lui sans savoir s'il devait accepter ou résister, et sans se rappeler à peine le motif qui l'avait amené, et qui devait l'inviter à rester. En entrant sous le large vestibule du palais, le prince donna un ordre à l'un des laquais qui s'y trouvaient en nombre, il salua Julien et monta les degrés qui paraissaient conduire à son appartement. Il disparut sous deux portières qu'on referma sur lui. Le laquais, alors, s'adressant à Julien, l'invite à le suivre. Il est introduit dans une magnifique galerie parquettée de mosaïques sur lesquelles on marchait à regret; des fauteuils d'or et d'ivoire, décorés de ciselures merveilleuses, offraient leur siége

qu'on n'osait accepter ; les yeux en s'élevant
ne s'arrêtaient que sur des peintures ou des
sculptures admirables ; un jour ménagé avec
art éclairait cette galerie de manière à faire
valoir tous les objets qu'elle renfermait. Julien
l'avait parcourue vingt fois , et s'était arrêté
devant un magnifique tableau , lorsque deux
battants du fond de la galerie s'ouvrirent, et
deux héraults annoncèrent à haute voix le
prince de Pazzi.

Julien s'achemina vers le prince avec un
sentiment de respect qui jusqu'alors lui avait
été étranger.

Pour éprouver ce sentiment qui est un hommage de la raison rendu à ce qui porte un
caractère de grandeur, il faut sentir dans
celui qu'on honore une supériorité incontes-
table. On prodigue l'affection , on mesure le
respect.

Après les excuses les mieux exprimées d'une
part , et l'offre d'une hospitalité toute bien-

veillante de l'autre, Julien crut devoir se faire
connaître, et le nom honorable de son père
lui parut, pour la première fois, doux à porter. Il se plut à redire à plusieurs reprises les
dignités de sa famille, et comme, à l'étranger,
toute la France n'est pas, comme en France,
à Paris, il ne fut pas honteux de parler de sa
province, des emplois élevés qu'y avaient oc-
cupés ses pères, et s'appuya avec force sur ses
ancêtres, ne pouvant sans eux, puisqu'il n'é-
tait rien par lui-même, paraître quelque chose
aux yeux d'un étranger.

Puis il témoigna avec esprit et bon goût
son admiration pour tout ce qu'il venait d'admirer dans la galerie où il avait attendu son
Altesse.

— Nous avons de plus belles choses à vous
montrer, dit le prince, ceci n'est rien ; il n'y
a pas une Villa qui ne renferme des objets plus
précieux que ceux-ci. Mais nous attirerons

votre attention sur des beautés du premier ordre.

Julien voulut détourner le prince de la peine qu'il allait prendre.

— C'est un vrai bonheur pour moi, lui répondit-il, lorsqu'un étranger veut bien m'aider à jouir de mes richesses. Savez-vous, monsieur, que c'est un lourd fardeau à porter qu'une fortune immense ! N'avoir pas un désir qui ne puisse être satisfait, parce qu'on a des trésors pour les payer ; n'avoir pas un caprice que chacun ne s'empresse à transformer en vertu ; pas une vertu qui coûte un sacrifice ; ne posséder des talents que pour servir d'aliment à la flatterie ; d'instruction que pour n'en rien faire ; devoir ses dignités à sa naissance bien plus qu'à son mérite ; et payer, au besoin, avec les parcelles d'une fortune dont on ne peut connaître le chiffre, les honneurs que par hasard des ancêtres n'auraient pas laissés. La bienfaisance même ne nous appartient pas, c'est par les mains d'un intendant que nous séchons les pleurs et calmons les souffrances. Jamais une voix reconnaissante ne nous caresse l'âme. Jamais des regards attendris ne se mêlent à notre regard; nous n'avons des émotions qu'en échos, traduites toujours infidèlement; tantôt exagérées en bien, tantôt travesties selon l'intérêt de l'avare distributeur de notre générosité. Mais une calamité plus grande encore plane sur notre existence, c'est ce concert de louanges qui nous accompagne sans cesse, cette harmonie intarissable d'accords parfaits entre nos amis et nos ennemis, qui font que nous ne pouvons pas les distinguer les uns des autres ; mais comment même supposer que nous ayons des amis, quand notre position rend suspectes les affections les moins intéressées !....

— On peut admettre contre les richesses ce dernier motif, répond Julien ; mais, pour trouver un malheur à satisfaire ses désirs, il faut,

comme vous, prince, n'avoir pas eu le temps
de désirer, et je pourrais opposer au portrait
que vous venez de me faire de l'inconvénient
de l'opulence, le tableau de la médiocrité. D'a-
bord l'horrible obligation de réfléchir avant de
prononcer; la nécessité non moins pénible
de soumettre sa pensée à des chiffres, ses désirs à une addition; faire de sa tête une ma-
chine à soustraction et à multiplication; ap-
pliquer les nobles sciences des mathématiques
à tous les misérables détails de la vie, le tout
pour savoir par $a + b$ qu'on doit se passer de
tout; et cela parce que des signes représentent
les objets, et que les signes nous manquent,
tandis que les objets sont répandus autour de
nous avec une profusion déréglée. La nature
nous a donné un besoin insatiable de nouveauté, nous a pourvus de sens qui rendent
hommage à tout ce qui est créé, et par une
combinaison bizarre, il faut que nous admi-
rions tout, sans jouir de rien, si un métal, la

plus pauvre production de la nature, production qu'elle a cachée sous terre, comme pour
la dérober aux hommes, n'est pas répandu autour de nous avec profusion. Il faut, si nous
manquons de cet or, extrait avec peine de sa
demeure naturelle, il faut éteindre le feu créateur renfermé dans nos âmes; il faut restrein-
dre nos goûts, nos désirs, étouffer les sentimens généreux qui nous invitent à secourir,
à protéger, à servir l'infortune. Ces misérables
calculs nous font égoïstes ; pour éviter le malheur de la gêne, nous sommes forcés de ne
pas venir en aide aux autres : car ce monde,
qui donne sa considération aux riches et sa
pitié aux pauvres, n'a plus rien à accorder à la
médiocrité. Pour obtenir cette considération
si importante, et vivre honorés, nous refusons
d'être humains, généreux; nous nous renfer-
mons en nous-mêmes, toujours en calculant
pour le lendemain, craignant de nous remuer
dans notre poussière, de peur qu'il n'en reste

pas assez pour nous ensevelir. Le sort dit à
l'homme sans fortune : Tu veux courir le
monde ; tu resteras dans un trou. — Tu veux
devenir grand, il faut que tu rampes. — Tu veux
être généreux pour les autres, pense à toi. —
Les arts, les sciences enflamment ton esprit et
ton âme, fais ton métier. — Tu voudrais, poète,
attendre les inspirations pour écrire, il te faut
pour un peu d'or avoir du génie à l'heure. —
L'amour de la gloire t'enflammerait, le besoin
d'argent éteint son flambeau dans ton cœur.
Vous pourriez, artistes, peintres, écrivains,
produire des chefs-d'œuvre qui rendraient votre nom immortel, mais il faut travailler pour
vivre et mourir tout entier. Génie, gloire, bonheur, tout est mis en problème ; tout se perd
à l'ombre de la médiocrité ; comme le soleil
donne aux fleurs leur éclat, l'or jette du reflet
aux vertus.

— Oui, répond le prince ; mais on peut au
moins dans cette position avoir un ami.

— Ils sont toujours rares ; cependant il est vrai que l'homme placé dans une sphère obscure trouve dans le malheur des sympathies que le riche attend peut-être en vain. Oui, les malheurs qui font souffrir l'âme, la mort d'un être aimé, la trahison d'un ami, l'abandon d'une amante, toutes ces blessures au cœur peuvent devenir mortelles, si des consolations n'y apportent pas de soulagement, si des larmes de tendresse ne tombent pas sur le cœur qui souffre ; dans ces moments de graves douleurs, ce n'est pas le riche qui est le plus entouré de consolations, c'est celui qui n'a rien ; alors des amis se révèlent à lui, et viennent confondre leurs sanglots aux siens, ce sont des soins, des tendresses si vraies, si pures, si riches d'inventions, que l'affligé peut se croire tout-à-coup millionnaire.

Un cœur dévoué possède des trésors, on en est couvert s'il les répand sur vous ; mais on ne jouit de ces richesses qu'à la condition

d'une grave infortune. Sans elle le malheur est
pour le pauvre, et le bonheur pour le riche.

—Oui, dit le prince, l'envie que nous in-
spirons nous ferme tous les cœurs, et lorsqu'un
grand malheur nous frappe, on y voit le doigt
de Dieu, et la compassion recule devant l'idée
de la justice divine.

Julien ne voulait pas tomber d'accord avec
le prince et désirait changer de conversation,
car il n'avait pas fait trois cents lieues pour
discuter sur l'inconvénient des richesses. Il
se retourna vers le plus beau tableau de là
galerie, et répondit avec grâce :

— Vous avouerez, prince, qu'il faut être
bien vertueux pour ne pas envier tout cela ?...

Au même instant un ange, sous les traits
d'une jeune fille, entra dans la galerie sans
voir Julien, elle accourut vers le prince, lui
prit la main, la baisa, et s'enfuit.

Rien n'était comparable à la beauté de cette
enfant. Quinze années à peine avaient formé

son être. Sa peau était blanche comme la feuille de rose qu'un doux incarnat anime. Ses yeux célestes, au regard doux comme la grâce, jetaient leurs rayons d'azur sur son front plus blanc que la belle étoile du matin. Ses cheveux blonds et fins comme la soie arrachée au cocon de l'insecte, tombaient en boucles onduleuses et flottantes sur son cou d'albâtre. Sa taille élancée, délicate et vaporeuse paraissait soutenue dans l'air, tant ses pas étaient légers, tant sa marche cadencée était gracieuse, qu'elle ne semblait pas tenir à la terre.

La jeune fille était vêtue de blanc; aucun ornement ne gâtait sa belle nature, seulement, pour la couvrir, le goût avait attaché sur elle le voile de la pudeur.

Julien crut voir en elle une de ces jeunes déesses que les anciens adoraient, et son premier mouvement, à son apparition, fut de s'incliner; mais à peine entrée, elle disparût.

— Voici, dit Julien, une merveille plus admirable encore que tout ce qui est renfermé dans cette galerie.

— Oh! oui, répond le prince; mon Angéla est un être surnaturel. Sa beauté est idéale, sa pureté tient des anges. Élevée loin du monde, jamais un exemple dangereux n'a blessé ses yeux; jamais une parole inconvenante n'a frappé son oreille.

— C'est votre fille? dit Julien.

— Je n'ai point d'enfans, dit le prince: c'est une orpheline.

— Et votre bienfaisance lui a donné un père?

— Son adoption fut un caprice, et son éducation l'effet d'une pensée bizarre.

Fatigué de tout comme le sont les hommes qui ont beaucoup vécu, et surtout les millionnaires, je cherchais un moyen d'émotion nouvelle, lorsque le hasard jeta chez moi une femme égarée sur la route et mourante. Cette

femme expira à la grille de mon palais en mettant au jour un enfant : il y a quinze ans de
cela...

On me montra cette enfant qu'on allait porter dans un hospice. Je la gardai, et le corps
de sa mère fut enterré dans un des caveaux
du parc.

Mais, voulant me faire une jouissance per-
sonnelle de cette circonstance imprévue, je
décidai que cette enfant serait un être à moi, et
rien qu'à moi. Pour cela, il fallait développer
son moral sans le contact de la société. Je cher-
chai dans une retraite une femme accoutumée
à vivre loin du monde. Je fis élever une habitation dans l'endroit le plus solitaire de mon
domaine, j'y plaçai l'enfant et sa gouvernante ;
jamais Angéla n'a entendu d'autres voix que
celle de cette femme et la mienne : cette femme lui a donné les talents dont elle est pour-
vue. Sa vie se passe à cultiver un peu de musique, à adorer Dieu dans le ciel et moi sur la

terre. Certain que le meilleur des livres n'est pas assez pur pour laisser l'âme dans sa virginité, j'ai défendu qu'Angéla en ouvrît aucun. Son instruction se borne à ce qu'elle voit et à ce qu'elle sent. Elle est dans l'ignorance la plus complète du mal , c'est une seconde Ève avant le péché. Elle n'a jamais entendu prononcer le mot vertu parce qu'il eût fallu lui expliquer le crime, lui découvrir les misères humaines , lui faire lire dans le cœur de l'homme, dans ce grand livre tout taché de souillures , où trop souvent , en prenant une mauvaise idée des autres , on se corrompt soi-même.

Angéla ne sait pas qu'on peut médire ou calomnier ; car elle ne sait pas qu'il existe des méchants. Elle ne sait pas non plus que l'âme peut souffrir ; son cœur est vierge encore d'é-motions pénibles, ses beaux yeux n'ont jamais répandu de larmes; elle a reçu mes bienfaits sans savoir que je suis son bienfaiteur ; elle est heureuse par l'absence de tout chagrin ; naïve par ignorance du mensonge, et pure sans avoir besoin de vertu.

J'ai voulu que mes richesses, qui n'avaient pu me rendre heureux un instant, servissent au bonheur d'une autre ; mais à cette autre j'ai fermé les routes que j'avais parcourues moi-même.

Le bonheur, me suis-je dit, les saints le placent dans le ciel, parce que là, dit-on, le cœur est veuf de toute passion. On se contente de l'adoration du créateur et de l'absence de toute inquiétude, quoiqu'on ait l'éternité devant soi. Eh bien ! le bonheur ici-bas devrait être un avant-goût du bonheur céleste ; les joies du monde inconnu consistent dans la pureté de l'âme, dans l'absence de tout désir et de toute privation, dans une béatitude continuelle de douceur et de grâce. Eh ! bien, monsieur, c'est cette vie des anges que j'ai cherché à donner à ma fille adoptive.

— Voici, dit Julien, un vœu bien honorable.

— Nullement, dit le prince ; vous voilà
tombé au rang de mes flatteurs ; j'ai fait cela
par égoïsme : je le répète, c'est pour moi que
j'ai créé cet être à part, j'ai voulu posséder
un objet unique, introuvable, et je jouis plus
de ce qu'elle est qu'elle même. Quand cet ange
m'apparaît elle rafraîchit mon âme ; et mes
yeux, en se fixant sur les siens, oublient les
tableaux flétrissants qui les ont frappés ; j'aime
à écouter sa douce voix et ses paroles naïves ;
c'est un beaume quelle verse sur les plaies de
mon cœur, blessé tant de fois par l'infernale
duplicité des hommes !...

Maintenant que vous connaissez mon plus
cher trésor, je ne sais si je dois continuer à
vous montrer ma Villa.

— Rien ne doit égaler cette fille céleste, dit
Julien, et je conviens que nul objet ne pourra
me paraître au-dessus d'elle.

— Je le crois ; n'importe, venez.

Le prince ouvrit, avec une petite clé d'or, une porte dérobée sous une portière de damas, et Julien se trouva dans un salon immense que suivaient d'autres galeries et d'autres salons. Là, les yeux étaient éblouis par les porcelaines, les albâtres, les marbres, les porphires, les mosaïques, l'or, les pierreries répandus partout ; les étoffes précieuses, les peintures des plus illustres artistes de toutes les écoles, de tous les pays. Les glaces qui répétaient tous ces objets, les murailles à claire-voie que soutenaient des colonnes sculptées et merveilleuses, et le magnifique tableau naturel de la dernière galerie où, d'une large croisée, on voyait la mer se développer majestueuse, et se confondre à l'horizon. Là tout était fait pour commander l'admiration ; mais ces richesses clouées, attachées, suspendues, posées, entassées dans l'enceinte des galeries, laissaient froid notre jeune français. Il eût

donné mille vaisseaux couverts de ces objets
rares, pour revoir un instant seulement cette
robe blanche, ces longs cheveux d'or, ces deux
étoiles aux belles paupières, cette bouche qui
parlait une langue humaine et inconnue, cet
être que la terre portait par hasard, qui devait bientôt peut-être retourner au ciel d'où il
était descendu en un jour de bienfait, envoyé
par Dieu pour donner aux hommes l'idée de
la pureté. La pureté ! Oh ! comme l'imagination de Julien rêvait de miracles attachés à
cette créature aérienne. Ah ! ce n'est pas une
femme, disait-il, c'est un être créé par des
lois inconnues ; sa mère est morte en la posant
sur la terre, parce qu'elle avait à rendre compte
à Dieu de sa mission. Ce prince qui se croit
digne d'écouter sa voix, de fixer ses regards,
ce prince qui croit être le bienfaiteur de cette
divinité ! quel orgueil !... Ces gens riches ne
voient des miracles que dans l'or.....

Le prince avait laissé Julien seul ; il s'était

assis devant une croisée donnant sur le parc. Il vit passer une robe blanche, son cœur bondit. Cette femme s'éloigne, disparaît, revient ; ses yeux la suivent, la dévorent ; elle s'approche... c'est la Comtesse ! la Comtesse pour qui il a couru nuit et jour, et qu'une fois atteinte il dédaigne. Mais non, un trait de lumière jaillit de son esprit : cette femme, c'est l'étoile qui le conduit, c'est l'astre dont il faut se faire le satellite... Il va s'attacher à ses pas, jeter l'amour dans son cœur, le délire dans son esprit ; il jouera la tendresse, les passions, le malheur ; il la forcera à permettre sa présence, à la désirer, à l'exiger peut-être. Sous son égide il respirera le même air que Angéla, il l'adorera en secret, il parviendra à la voir, à l'entendre, à lui parler... Lui parler, c'est aller à son cœur, c'est lui faire comprendre ce qu'elle n'a jamais ouï de personne, et que pour personne elle n'a prononcé... Ce mot tant répété partout, tant profané ; ce mot im-

pie, ce mot qui fait des parjures et des crimes,
ce mot que lui-même a consacré tant de fois à
l'infâme, il veut le dire à la vierge avec un
accent nouveau ; et, pour arriver à elle, il va
séduire cette femme que le hasard lui a jetée,
la frapper de malheur, la terrasser, et s'en
servir comme de marche-pied pour toucher à
son idole.

Ces réflexions se succédèrent avec la vivacité
de ses désirs, et il fut en un instant sur les
traces de la Comtesse. Au bruit de ses pas elle
se retourne et pâlit.

—Vous!!.. dit-elle, avec un accent effrayé,
comme à l'aspect d'un ennemi. Vous, monsieur, ici ! Comment expliquer votre présence
chez le prince ?

Julien se sentit blessé du ton hautain que
la Comtesse prit pour lui faire cette observation, et il eut besoin du temps qu'il mit à la
saluer profondément, pour composer sa voix et
sa réponse.

— La présence d'un Français en Italie, madame, n'a droit d'étonner personne. La Villa du prince m'a été désignée comme l'une des habitations les plus dignes d'être admirées ; je m'y suis fait conduire...

— Ah ! c'est pour voir les galeries de mon oncle que vous êtes venu ? dit la Comtesse, comme une personne qui n'en croit rien.

— La Villa du prince, reprit Julien vivement, renferme un objet bien plus précieux que toutes ses richesses, mais je n'aurais pas osé venir ici sous le prétexte de l'y chercher.

— Le prince vous a-t-il fait l'honneur de vous recevoir ?

— De la manière la plus gracieuse. Les grands seigneurs italiens savent apprécier les Français de bonne maison.

La Comtesse sourit.

— De bonne maison, dit-il ironiquement. Mon père était gentilhomme, madame.

— Votre légèreté ne vous sépare-t-elle pas de vos pères ?

— Mes pères ont vécu selon leur siècle, et moi je vis selon le mien. La gravité ne convient plus aujourd'hui qu'aux hommes d'état, encore en est-il quelques-uns qui s'en passent, et ce ne sont pas les moins habiles. Pour nous, jeunes gens, qui ne voulons rien que notre indépendance, et qui laissons à ceux que l'ambition pâlit, le privilége de se faire vieux avant l'heure, nous marchons gaiement dans la vie sans songer au lendemain, sans nous occuper de l'avenir.

— Sans respecter le passé, dit la Comtesse.

—Le passé, que nous rapporte-t-il ? le souvenir d'un nom allongé ou raccourci par un monosyllabe de plus ou de moins. Vient-il à la pensée des hommes de nos jours de demander à un homme de mérite si son aïeul portait des talons rouges ou noirs ?... et le sot est-il élevé d'une paille, parce que son père avait

de la noblesse. Le nom de parents illustres
ne sert aujourd'hui qu'à jeter de l'éclat sur la
médiocrité des enfants, et pour les titres, ils
sont devenus des êtres de raison. Qu'est-ce
que laissent aujourd'hui, dans la pensée, les
charges de gardien de ceci, de gardien de
celà? ces signes bizarres sur un morceau de
fer; ces lettres inintelligibles sur un parche-
min; ces phrases qui veulent dire des riens,
et ces riens qui veulent dire quelque chose?
est-ce cela qui doit nous rendre fiers, qui doit
nous pénétrer de crainte et nous mettre en
garde contre d'innocents plaisirs qui pourraient aller réveiller nos aïeux dans leurs
tombeaux?... On nous jette à la tête le nom de
nos ancêtres, comme une nouvelle méduse
pour pétrifier nos joies, et il est certain que,
si nous répondions en tout à ces noms fa-
meux, nous pourrions faire encore plus de
folies que nous ne nous en permettons; mais,
comme nous nous affranchissons de l'exemple

de leurs belles actions, nous avons oublié les mauvaises ;... ça peut n'être pas très-moral, mais c'est commode. L'entretien fut interrompu par le prince, qui parut enchanté de voir que sa nièce connaissait le jeune voyageur.

La journée fut, entre les hôtes et le convive, un échange parfait de prévenances et de grâces.

CHAPITRE VI.

Minuit venait de sonner. Un laquais tout cousu d'or marchait devant Julien, lui faisait parcourir de longues galeries et monter quelques degrés de marbre, pour l'introduire dans l'appartement qui lui était destiné. Après avoir traversé plusieurs salons élégants, il se trouva dans une chambre où le lit le plus doux et le plus artistement drapé l'attendait. Julien se vit en un instant débarrassé de ses

habits de voyage et revêtu d'une robe de ca-
chemire longue et soyeuse. Tout ce que le
luxe a inventé pour satisfaire le caprice, se
trouvait répandu autour de lui ; le laquais prit
ses ordres et se retira pour le laisser dormir.
Dormir ! sous le toit de deux femmes qui cap-
tivaient toute sa pensée ; l'une pour la tromper, l'autre pour l'aimer ! pour l'aimer un instant, peut-être ; mais dans cet instant lui donner toute son âme, lire dans la sienne, et se
convaincre qu'il existe sur la terre une femme
innocente et pure. Il est ici, disait-il, cet objet unique et sacré qu'aucun trésor ne pourrait payer ! il est ici caché et renfermé comme
ces châsses saintes qu'on ne permet au mortels
de voir qu'au jour où elles doivent opérer des
miracles. Oh ! oui, tu feras un miracle sur
moi, belle Angéla, si tu me force à croire à la
vertu ! Cette fleur sainte et divine ! elle exhale
ses parfums dans l'air que je respire. Oh ! si
elle pouvait entendre ma voix ! si les murs qui

nous séparent tombaient devant l'ardent désir qui me brûle de te contempler, chère ange! il priait Angéla de se montrer à lui, comme le prêtre prie le Christ de descendre sur l'autel; homme sans foi religieuse, il avait pour ses passions confiance en ses prières. Angéla! Angéla! criait-il du fond de son cœur, sur sa couche brûlante; si je pouvais entendre seulement tes pas de gazelle; si je pouvais voir ton ombre errer sur ces murailles qui m'étouffent... il avait la poitrine sèche et vide, sa tête brûlait, son corps frissonnait; il lui fallait de l'air à défaut d'amour. Sa fenêtre était ouverte; il s'en approche, le ciel était pur, les étoiles brillaient comme des paillettes de diamant sur un velours azuré; ces milliers de mondes soutenus dans l'espace, il les aurait vus s'anéantir avec joie, si son étoile du matin eut dû les remplacer. Fatigué de leur éclat, cherchant envain à découvrir dans toutes ces constellations une forme de femme aérienne, il jeta les yeux autour de lui ; une cour spacieuse séparait l'aile qu'il habitait, du palais occupé par le prince, deux galeries de marbre réunissaient les deux bâtiments. Des statues colossales entouraient l'enceinte ; au milieu de la cour était un groupe de plusieurs personnages allégoriques, formant une fontaine d'eau vive, d'où s'échappait le doux murmure des eaux qui tombaient dans un vaste bassin. Des fleurs odorantes contenues dans des vases d'albâtre parfumaient l'atmosphère des plus douces odeurs. Julien observait ces personnages muets, fixés comme des sentinelles obéissantes dont la mission serait de garder un despote. Plongé dans des réflexions que faisait naître en lui le luxe répandu dans ce palais d'un maître voué à l'ennui et à la tristesse. Il crut voir l'un des hommes blancs remuer : il tressaillit sans croire à la vérité de sa vision ; lorsque la statue tourna deux fois sur elle-même, le piédestal s'ouvrit, et un homme sortit du monument. Cet homme était vêtu de noir, la lenterne sourde qu'il portait projetait ses rayons sur sa figure ; c'était le prince... Le prince sortant clandestinement et déguisé la nuit... où va-t-il ?... Où va-t-il, se demanda Julien avec rage !...

Quand un objet occupe depuis peu la pensée, on lui rapporte tous les événements qui surviennent. Julien vit dans ce mystère d'une sortie nocture, dans ce déguisement, dans ces précautions que prenait le maître, un crime avec l'esclave.

— Oui, dit-il, c'est elle qu'il va chercher à cette heure. Le misérable ! Il l'a faite pure pour la corrompre !...

En un instant, cette fille angélique devint une fille perdue ; mille projets se heurtèrent dans son esprit, et tous avaient pour but de la ravir à son séducteur ; il se rappelait ses traits, sa naïveté, son innocent regard. Oh !

si elle n'est pas pure, disait-il avec fureur, c'est une infâme !...

Le prince disparut par une porte qu'il ouvrit lui-même et qui se referma sur lui. Julien frissonna et vint se jeter sur sa couche, accablé comme s'il perdait un bien qui lui était dû. Le sommeil ferma ses yeux, et dans ses rêves, il vit Angéla à ses pieds, lui jurant qu'elle était plus pure encore que belle. La porte s'ouvrit au moment ou Julien prononçait Angéla ! mon Angéla !...

— Que dites-vous ? répond une voix effrayée. Jamais ce nom n'est prononcé dans ce palais que par Son Altesse, et personne ailleurs ne sait l'existence de celle qui le porte ici.

— Qui m'appelle, reprend Julien, pourquoi me réveiller quand je rêve à mon Angéla ?...

— Pour Dieu, Signor, taisez-vous, dit l'italien, on pourrait croire que c'est de l'Angéla de monseigneur que vous parlez.

— On aurait raison, reprend Julien, c'est de cette créature divine, que ton maître garde sous des verroux, que je parle et dont je veux m'entretenir avec toi ; en disant cela il glissa des pièces d'or dans la main du laquais, dont les galons étaient plus riches que la bourse, et qui les reçut avec reconnaissance.

— Eh bien, me diras-tu ce que c'est que cette fille ?

— C'est la fille adoptive de Monseigneur.

— Sa fille ?... Et la respecte-t-il comme on respecte sa fille ?...

— Oh !... comme une madone.

— Son habitation est-elle loin d'ici ?

— Dans la partie élevée du parc.

— Pour y aller d'ici, lui dit Julien, en lui montrant la cour, est-ce par la droite ou la gauche qu'il faudrait prendre ?

— On ne pourrait y aller ni par la droite ni par la gauche. Il faut suivre la grande avenue qui fait face au salon du palais de

Monseigneur, qui est en ligne droite de cette fenêtre. Au bout de cette avenue on trouve une muraille de feuillage, dans laquelle est cachée une petite porte dont Monseigneur tout seul à la clé. La grande avenue elle-même est entourée de charmille afin que personne n'y pénètre, parce que c'est par là qu'Angéla vient voir son père ; des esclaves la portent en litière jusqu'au palais, et la ramènent de même à son habitation ; la mer forme la limite de la partie du parc qui lui est assignée comme promenade, le reste est fermé par de hautes murailles comme le harem du grand-seigneur.

— N'en serait-ce pas un, harem, dit Julien en lui-même ?... mais, reprend-il avec indifférance, quelle peut être l'idée de votre maître en gardant ainsi cette enfant enfermée.

— C'est ce que nous n'avons jamais su, notre devoir est d'obéir et non d'étudier les actions de Monseigneur ; nous avons pensé quelque fois que la sainte madone avait pris

les traits d'Angéla, pour venir répandre sa
grâce dans l'âme du prince et la guérir des
maux que le démon y avait jetés ; car on dit
qu'ayant la présence de cette enfant ici, le
prince avait d'affreux momens de tristesse.
Aussi, avons-nous pour cette sainte fille un
respect religieux. Si vous saviez quelle expression céleste est répandue sur sa belle et noble
figure!

— Oh! oui, dit Julien avec exaltation.

— Ne parlez pas avec cet accent de la jeune
fille.

— Le prince, dit Julien, a près de lui une
autre femme.

— Le prince a près de lui une parente, dit
le laquais, la Comtesse de Héléna, sa nièce,
son unique héritière.

— Elle est toujours avec son altesse?

— Oh! non, elle aime à voyager, et en ce
moment elle arrive de Paris où elle a pris
une passion pour un jeune homme, à ce que

nous a dit mademoiselle Anna, sa femme de chambre.

— Une passion à Paris ; vous êtes sûr ?

— Oui, oui, Signor, c'est à Paris. Je ne puis me tromper, elle en est partie à cause de cela.

Ah ! Ah !... pensa Julien, elle a une passion et fait la coquette avec moi. Ceci demande une vengeance, et je n'y manquerai pas. Voilà de quoi m'occuper : une passion à chasser du cœur d'une femme, punir une coquette, séduire une jeune fille, tromper un vieillard, surprendre les secrets d'une femme mondaine, deviner les intrigues d'un homme de cour ; car ce déguisement cache un mystère. Et une occupation bien plus digne de moi, m'initier à la pensée d'un ange en y jetant la mienne ; changer sa tendresse pour un vieillard, en une passion pour un jeune homme. Désespérer toute une maison, voilà un passe-temps qui

vaut la peine d'être en Italie. Allons , ma
grande Comtesse , mon noble prince et ma
céleste Angéla, servez-moi pour un chapitre
à mes émotions de voyage.

CHAPITRE VII.

C'est avec ces honorables pensées que Julien se disposait à profiter de l'hospitalité que lui accordait le prince. Une cloche d'argent se fit entendre; au même instant, le laquais doré se présenta et se mit à marcher devant lui. Ils traversèrent la cour de marbre au milieu de ces statues dont l'une l'avait tant étonné la nuit. Il jeta ses yeux sur toutes sans pouvoir

deviner celle qui s'était animée ; il franchit les
degrés et pénétra dans le palais du prince.

Au moment où l'on annonçait Julien, il vit
l'ombre d'une femme se glisser sous une portière de velours bleu ; c'était elle. Julien resta
immobile à l'entrée du salon.

— Je suis seul, dit le prince, Angéla ne
voulait pas me quitter ce matin ; en vain la
clochette lui disait de rentrer chez elle, elle
refusait d'y obéir ; mais enfin au bruit de vos
pas, elle a fui comme la biche sauvage que
poursuit le chasseur.

Le prince ne savait pas faire une comparai-
son aussi juste qu'elle l'était.

— Oh! oui, je poursuivrai cette gazelle délicieuse, disait en lui-même le jeune ambi-
tieux ; oui je la poursuivrai sans faire aucun
bruit autour d'elle, sans effaroucher ses mœurs
presque sauvages ; je ne lancerai rien à sa
suite qui puisse l'effrayer, je n'annoncerai
ma présence par aucun bruit alarmant ; la

voix guerrière du garde ne la fera pas sortir de
son nid de feuillage, le son du cor n'ira pas la
troubler dans son sommeil ; je veux l'attirer à
moi par des moyens inconnus, par une attraction toute céleste. Oui, un chasseur te guette,
Angéla, et sans bruit, sans éclat, il veut arriver à toi, t'enlacer dans les nœuds du large
réseau qu'il forme à ton insu.

A peine Julien avait-il eu le temps de remer-
cier le prince de sa réception toute gracieuse,
que deux battans s'ouvrirent pour laisser passer la Comtesse.

Elle portait ce jour-là le deuil. C'était l'an-
niversaire de la mort d'un prince étranger. Le
deuil devait durer quinze jours. Le noir séyait
bien à la Comtesse, et Julien la trouva d'autant mieux ainsi que, pendant quelques semaines, il n'aurait pas à confondre sa robe
blanche avec celle d'une autre. Du reste, la
Comtesse avait, sous ce nouveau costume, un
éclat tout nouveau. Vraiment, se dit Julien, cette

femme vaut encore qu'on perde un instant
pour elle…

Les hommes du monde font une étude par-
ticulière pour cacher, sous des dehors respec-
tueux, le dédain qu'ils ont des femmes. Ils
sont tour à tour obséquieux, modestes, timides.
Comme le coupable qui demande l'aumône,
avec l'intention de dérober ce qu'on lui refuse,
l'homme du monde s'approche en tremblant
de la femme qu'il veut séduire; il ose à peine
lever les yeux sur elle; il compose sa voix, ses
gestes, ses phrases, selon l'impression qu'il
observe. Est-elle triste, il pleure; est-elle gaie,
il dira cent folies; est-elle sérieuse, il deviendra un sage. Il prend tour à tour la couleur,
l'esprit, le ton, les manières qu'il sait devoir
lui plaire; et, rendu à lui-même, il rit de la
comédie qu'il a jouée et plus encore de la dupe
qu'il a faite.

Devant la Comtesse toute en noir, Julien crut
devoir se faire une figure de circonstance; il se

vit obligé d'être réservé, grave, presque triste.
La Comtesse prit la tenue de Julien pour de la
préoccupation, elle lui en sut gré.

Le déjeuner fut charmant. La Comtesse avait
l'esprit cultivé ; elle étonna Julien par sa conversation nourrie, intéressante et distinguée.
Elle avait vu beaucoup le monde, surtout le
grand monde. Elle jugeait les hommes et les
choses avec un tact très remarquable ; mais il
perçait dans ses jugements une certaine antipathie pour la médiocrité : les roturiers en général, à moins qu'ils n'eussent pour compensation de leur obscure naissance, un mérite
réel, n'avaient pas sa considération ; mais,
sous l'égide du mérite, elle jugeait avec im-
partialité leurs œuvres, leur caractère et leur
conduite.

La Comtesse avait visité toutes les cours de
l'Europe ; elle avait été en rapport avec toutes
les illustrations contemporaines ; elle s'était
fait une opinion invariable sur leur talent ou

leur capacité. Ainsi, un homme que sa réputation portait très haut, redescendait quelque
fois par son jugement au niveau du médiocre.
D'autres, que leur modestie ou leur peu de
moyens de se faire valoir rendaient inaperçus
aux yeux de la multitude, étaient rehaussés
par sa justice et prenaient le rang qui leur
était dû. Elle appuyait son opinion de l'auto-
rité des travaux de chacun ; travaux qu'elle
avait étudiés elle-même et qu'elle était très en
état de juger. Partout où la Comtesse avait sé-
journé quelques mois, elle avait appelé dans son
salon les artistes et les gens de lettres. On sait
avec quel aimable empressement cette classe
d'hommes intelligents répond aux invitations
des personnes qui savent les honorer et les
apprécier. La Comtesse était digne, gracieuse,
riche et généreuse ; c'était assez pour qu'elle
attirât près d'elle ces hommes aux imaginations chaleureuses qui, pour arriver à la gloire,
ont besoin dans leur premier pas d'être en-

couragés et soutenus. Ces hommes dont la
mission est, en révélant les secrets des arts
qu'ils professent, de charmer ceux mêmes qui
n'en cultivent aucun. Ils doivent encore bri-
guer des suffrages indignes trop souvent de
leur savoir, mais nécessaires à leur destinée.
Il faut aux artistes et aux poètes des hommages
éclatants, bruyants même. Pour que leurs œuvres arrivent au cabinet silencieux de l'étude,
il faut qu'elles passent par les salons. Pour que
de vrais connaisseurs les apprécient, il faut
que la foule en masse les ait jugées; et d'ailleurs cette foule où il ne se trouve peut-être
ni musicien ni poète, elle a un cœur, un âme,
des sens, elle est émue, elle pleure, elle crie,
elle frappe des mains en mesure avec les battements de son cœur; et l'artiste et le poète
conservent toujours aux yeux des connaisseurs
la réputation qu'elle leur a faite.

C'est pour cela que ces hommes dont la vie
n'est pas assez longue pour approfondir l'art

qu'ils professent , pour concevoir des idées et
les rendre nouvelles, pour dire ce que les autres ont dit mille fois en faisant croire qu'ils
parlent pour la première , pour produire du
nouveau enfin avec des mots et des sons vieux
comme le monde; ces hommes, que chaque
heure du jour réclame , sont forcés de consacrer des instants précieux à cette société légère,
égoïste et presque toujours ingrate, mais gracieuse, mais charmante le jour où on l'amuse.
Du reste, cet échange de politesses et d'égards
entre les gens du monde et les artistes , où la
fortune donne la main au savoir, où le savoir
s'approche de la fortune, est pour la société
ce qu'est pour la peinture le mélange heureux
des tons contraires, qui , fondus entre eux ,
forment un travail parfait.

Julien fut étonné de la manière facile avec
laquelle la Comtesse appréciait le talent des
artistes qu'il voyait tous les jours à Paris, sans
s'être rendu compte de leur savoir. La Com-

tesse distinguait avec une justesse exquise le talent naturel, du talent travaillé; les inovations heureuses, des bizarreries ; la pureté, du brillanté; la science simple, de l'ambiguité; la grâce, de la manière; le pathétique, de l'horrible; en un mot, le vrai, du faux. Elle jugeait tout et comparait tout, son enthousiasme ne se montrait pas plus exalté sur les anciens que sur les modernes. A ceux-ci elle trouvait trop de timidité, à ceux-là trop d'audace. A ceux-ci de la froideur, aux autres une fausse chaleur. A tous deux des beautés du premier ordre, et à tous deux aussi des défauts aussi grands que leurs beautés.

Cette raison, cet esprit, cette supériorité inquiétaient Julien dans ses projets d'intrigue. Il ne savait pas que les femmes supérieures sont les plus faciles à tromper.

Leur esprit accoutumé à se lancer dans les hauteurs de l'intelligence, à marcher dans les routes droites et larges, n'apperçoivent pas les sentiers tortueux que l'on fraye auprès d'elles. Elles ont étudié le cœur humain comme tout ce qu'elles ont étudié, et pour faire ici l'application de leur savoir, elles ont besoin d'une circonstance comme pour le reste ; celle-ci n'arrive qu'en les frappant au cœur. Comment se fait-il qu'en donnant à son caractère et à son âme la force que la nature semble lui avoir refusée, la femme qui se croit forte soit plus accessible qu'une autre à la faiblesse ; c'est qu'en grandissant elle perd de cette finesse ; qualité sans valeur pour l'homme, et non sans utilité pour elle ; l'homme n'a besoin que d'audace pour repousser les attaques qu'on dirige sur lui. Il les voit, la force lui suffit pour se mettre en garde contre ses ennemis ; la femme, au contraire, doit les deviner, car ils se montrent à elle sous des traits bienveillants. Leur voix est douce, leurs regards expriment la tendresse, leur langage des sentiments. C'est en parlant de bonheur qu'ils la conduisent aux larmes, en vantant la vertu qu'ils la mènent au crime, en la disant pure qu'ils la flétrissent et la corrompent.

Oh! oui, il faut bien rapetisser son esprit; pour comprendre tous ces mensonges. La force et l'élévation de l'âme ne servent qu'à les nier.

Du reste, Julien avait d'autres raisons encore pour être confiant dans ses attaques, mais il les ignorait. Pendant six mois il avait captivé cette femme, sans le savoir : une circonstance que Julien avait oubliée avait été le prélude de la passion que la Comtesse avait nourrie dans le silence, et contre laquelle elle s'était débattue en vain.

Un jour où la foule se portait à l'Opéra, un équipage s'arrête devant la porte principale. Les chevaux irrités par la résistance qu'on leur opposait, s'emportent; le valet qui venait d'aider une femme à sortir de sa voiture, est

renversé avant d'avoir refermé la portière ;
deux jeunes gens se précipitent sur le malheureux que la roue va écraser et le retirent par
miracle. Ils le conduisent au café, où l'un
d'eux panse ses blessures avec l'habilité d'un
chirurgien. On prodigue au malade les secours
de toute espèce, et il est reconduit à l'hôtel
de la Comtesse par les jeunes fashionables.

Le lendemain la Comtesse apprend cette
bonne œuvre, et, peu de jours après, son domestique lui montre le jeune homme qui l'a
sauvé ; elle donnait le bras à un vieil ami, auquel elle s'empresse de raconter l'événement.
Celui-ci reconnaît Julien, et fait à la Comtesse l'histoire du jeune homme. Ce récit n'est
nullement à son avantage : ses folies, sa vie
scandaleuse, enfin, tout ce qui était fait pour
désenchanter la Comtesse sur lui. Le mal
qu'on dit d'un homme à une femme ne
lui fait jamais de tort dans son esprit, à
moins qu'il ne lui dévoile un fripon où un

lâche, et ce ne furent pas les médisances de l'honorable ami qui empêchèrent la Comtesse de remarquer Julien partout où le hasard le lui montrait. Elle le voyait à l'Opéra toutes les fois qu'il y avait Opéra ; et elle faisait d'autant plus attention à lui, qu'on ne l'avait pas peint à ses yeux un homme ordinaire. Certes, sans les récits de l'ami, Julien ne lui aurait semblé ni beau, ni grand, ni bien fait ; il aurait passé inaperçu devant elle ; mais sa réputation d'homme d'esprit, de mœurs originales, d'homme sérieux, de brave et de dissipateur, tout cela lui avait jeté de l'éclat. Par pur besoin d'observation d'abord, ensuite par intérêt pour un être créé d'éléments divers, Julien fixa l'attention d'Hélèna ; c'était une nouvelle étude à faire, et la Comtesse ne s'apercevait pas qu'elle mettait dans celle-ci plus que son imagination, quelle y jouait jusqu'à son repos ; car l'idée de Julien la suivait partout.

Il était connu de tout Paris ; il suffisait de pro-

noncer son nom pour apprendre toute sa vie;
on disait de lui tout ce qui était et surtout ce
qui n'était pas; on inventait des horreurs,
auxquelles, par acquit de conscience, on mêlait des éloges.

Au total, il ressortait de tout cela, que
Julien avait trop de qualités pour ses ennemis et assez pour se faire des amis. Mais
la Comtesse trop sage pour s'abandonner
volontairement à des illusions folles, décida
de le fuir, et ce fut à cette intention qu'elle
se rendit aux eaux, où elle ne le retrouva pas
sans mécontentement. On sait qu'elle le fuyait
encore pour se réfugier près de son oncle : en
mettant entre elle et Julien les frontières, elle
espérait ne pas risquer de le revoir; quel dut
être son étonnement de le retrouver dans le
palais même du prince, quelques jours après
son arrivée. Elle dut penser qu'elle était l'objet
de sa poursuite; que, depuis long-temps, sans
doute, il l'avait remarquée aussi. Ce qui lui

inspirait cette pensée, c'était bien plus ce qu'elle sentait elle-même, que les apparences de ce que sentait Julien. Elle croyait à son amour parce qu'elle avait de l'amour pour lui, un de ces amours passionnés que les femmes raisonnables ressentent pour les hommes dangereux, lorsque leur cœur donne un démenti à leur raison. Mais comptant sur sa vertu et ne pouvant d'ailleurs s'éloigner, cette fois encore, sans se faire à elle-même l'aveu de sa folie, elle crut se bien garantir de sa passion en paraissant devant Julien avec toute sa sévérité, toute sa raison : elle se disait que l'élégant, le léger, le dissipateur, l'homme du monde et des folies, n'oserait pas venir se heurter à la solennelle Comtesse Héléna.

Cependant, chaque jour lui donnait la preuve que Julien ne s'effrayait pas du sérieux de sa conversation ; il paraissait, au contraire, y prendre un vif intérêt ; il semblait puiser dans ses paroles une lumière nouvelle, et, quoiqu'il mit de l'exagération dans le plaisir qu'il disait goûter dans ces entretiens, il est vrai, pourtant, qu'il trouvait très-original de rester plusieurs heures avec une femme sans lui parler d'amour, n'ayant pour ressource que son esprit à mettre en rapport avec le sien; l'esprit d'une femme est souvent comme la terre qu'une belle végétation couvre, et qu'on n'a qu'à toucher pour en sentir le tuf. Julien n'avait jamais songé à l'exploiter. Julien n'aimait que les hommes supérieurs ou les nullités; il écoutait les uns et se taisait devant les autres, ou ne se mêlait à eux que par des folies. Ainsi, trop fort pour causer sérieusement avec des fous, et trop faible pour se mêler aux sages, il ne connaissait pas cet échange gracieux d'idées et de sentimens, où l'on prend le prétexte d'une analyse pour développer les vertus de son cœur, ou en montrer les faiblesses. Ce moyen donné à l'homme pour s'instruire de générations en générations, pour

s'enrichir des trésors de la pensée, pour élever
la sienne en la choquant pour ainsi dire à la
pensée d'un autre, et faire jaillir de toutes
deux des étincelles de génie , n'était pas apprécié par Julien. Et cependant, n'est-ce pas par
le contact de l'imagination et de la parole que
les idées fausses et dangereuses font place aux
idées généreuses et utiles?... Que la saine morale remplace le fanatisme, que le démagogue
devient libéral ? N'est-ce pas la parole de Dieu
qui a versé sur les hommes la vraie lumière ?
Sans cette conversation divine l'homme fût
resté insensible et cruel. Ainsi, il doit résul-
ter de la conversation de deux êtres qui se sont
bien compris une affection plus grande et des
sentiments meilleurs.

En effet, si les entretiens de Julien et de la
Comtesse n'avaient pas encore changé sa nature, ils avaient établi une sorte d'intelligence
entre eux qu'ils acceptaient sans savoir s'ils
faisaient bien ou mal de l'accepter.

La Comtesse se promettait toujours , d'ailleurs, de se défendre contre un sentiment trop
vif; et , pour justifier à ses propres yeux le
charme quelle éprouvait de ces conférences ,
elle se donnait auprès de Julien une mission
importante.

— Il est léger , disait-elle , il est égaré dans
une route dangereuse , et, peut-être, l'amitié,
l'intérêt d'une femme distinguée, le sauve-
ront-ils de sa perte !...

Julien avait déviné sa pensée et trouvait plai-
sant de lui laisser croire quelle devait opérer sa conversion.

La Comtesse était toute charmée de son
pouvoir et, pour l'assurer davantage, elle cherchait à connaître tous les replis de l'âme de
Julien. Elle y surprenait des trésors qu'elle
se promettait d'exploiter.

— Oh ! oui , se disait-elle avec complaisance , on m'a trompée, ce n'est pas là un
homme léger, un homme sans cœur ni déli-

catesse ; il se plaît trop avec moi pour s'être trouvé bien avec ces cohortes sans pensées, ces hommes dissipant leur existence par des moyens honteux. Il a suivi ces hommes sans les connaître, il a imité leur conduite sans l'aimer, il les quittera quand il en verra le néant.

La Comtesse désirait surtout obtenir toute la confiance de Julien ; elle voulut savoir ce qu'il avait senti dans sa vie : Julien n'en savait rien lui-même, tant ses impressions avaient été multipliées et légères ; l'épiderme de son cœur avait été seul atteint.

: — Vous n'avez donc jamais rien aimé, lui disait-elle un jour ; vous n'aimez donc rien ?..

Julien réfléchit. La Comtesse pâlit.

— Si fait, dit Julien, j'aime.

La Comtesse sentit du froid au cœur.

— J'aime une femme.

La Comtesse eut un étourdissement, elle se leva pour ouvrir un store.

— Une femme, reprend Julien, dont j'ai rêvé toute la nuit.

— Vous en êtes éloigné sans doute, reprend la Comtesse avec froideur.

— Elle est à Paris, répond Julien.

— Et vous n'en avez pas de nouvelles ?... votre amour est bien calme.

— Je n'ai pas d'amour pour cette femme, madame, reprend Julien avec simplicité. Cette femme est ma sœur.

— Quel beau temps, dit la Comtesse en refermant le store. Vous avez une sœur, M. Julien, reprit-elle avec le calme du bonheur et en le regardant avec des yeux charmants ? une sœur ! Oh ! j'ai toujours reproché à la nature de m'avoir jetée seule sur la terre ; c'est si beau d'avoir à soi une affection qui vous est donnée par le ciel ; de posséder un être qu'on peut chérir sans crainte et sans danger. Ah ! que je serais heureuse d'avoir un frère.

— La société, reprend Julien, vous offre des amis.

— Des amis, Monsieur, je n'en ai pas encore rencontré sur qui je pûsse fonder un bonheur assuré ; enfin je n'ai pas encore rencontré un être auquel je crûsse devoir consacrer ma vie entière; les uns sont égoïstes, les autres ont un enthousiasme ridicule. Sous l'apparence de la franchise j'ai trouvé de l'indiscrétion, chez d'autres une douceur presque niaise dissimule un caractère méticuleux. La noblesse dans le maintien ne prouve pas plus une âme élevée, que des manières trop simples, des sentimens bas ; de même que l'avarice se montre assez souvent sous des dehors prodigues, la prodigalité n'assure pas contre l'avarice ; souvent le masque de la religion sert à cacher des habitudes infâmes; la vertu qui s'étale au grand jour, change la nuit son manteau de pourpre pour les haillons du vice ; le héros d'un salon est souvent un personnage bien bas chez lui, et celui qui traîne après soi l'ennui dans le monde, apporte quelquefois beaucoup de grâce au coin du feu.

Plus on observe le monde et plus l'on redoute de choisir un ami dans la foule que, du reste, l'on trompe à son tour, aussi bien qu'on en est trompé; car avec une âme ardente on passe pour un être froid, égoïste insensible; cette peine qu'on se donne pour dissimuler sa véritable nature, n'est pas une preuve d'estime pour le monde, c'est comme une gageure qu'on a faite de cacher ce qu'on est et ce qu'on sent, si le monde désaprouve la façon de sentir.

— Je conçois, dit Julien, qu'on cherche à dissimuler ses vices et ses ridicules; mais ses vertus, pourquoi?

— Le respect humain, dit la Comtesse, retient autant pour les uns que pour les autres.

Il faut un vrai courage pour dire aux autres qu'on vaut mieux qu'eux, et de grandes garanties à donner, pour ne pas s'exposer à un démenti. Se défendre contre des attaques est moins difficile que de commander des éloges; on ne prouve presque jamais sa supériorité qu'en blessant l'amour-propre des autres; il n'y a que les gens médiocres qui ne risquent rien à se montrer tout entiers. Ceux qui s'élèvent au-dessus du vulgaire, doivent n'avoir de confident intime que Dieu : lui seul accepte les bonnes actions en compensation des mauvaises.

La légèreté des hommes empêche qu'on puisse attendre d'eux un éternel blâme pour les unes et d'immortels honneurs pour les autres... Cependant, qu'il serait nécessaire dans la vie de pouvoir se confesser ici bas à un cœur dévoué qui s'ouvrirait sans réserve à son tour ! Mais vouloir trouver ce cœur disposé à tout recevoir, à tout consoler, à tout blâmer et à tout absoudre ; trouver un être qui fasse de sa vie avec vous un échange continuel de

sentiment et de sollicitude, c'est un désir semblable à celui qu'on éprouve pour un sixième
sens, auquel on attribue la faculté de rendre
lucide à notre esprit tout ce qui est enveloppé de vapeurs mensongères. C'est avoir
trouvé sur la terre le bonheur céleste.....
c'est.....

— Qu'entends-je ! dit Julien que les accords d'une harpe venaient distraire de l'attention un peu forcée qu'il prêtait au discours
de la Comtesse. Quels sons ravissants !..— Ah!
reprend-elle vivement, assez contrariée de cet
incident, c'est une enfant que le prince fait
élever par charité et surtout par caprice. Il
veut un être qui chante auprès de lui lorsque
son âme pleure. C'est cet ange qui forme ces
divins accords! dit Julien en lui même, et
soudain, ne paraissant plus s'occuper de ce
qu'il entendait, déguisant le trouble de son
esprit et les battements de son cœur, tandis
que les divins accords d'Angéla le faisait bon-

dir ; il se pencha sur le fauteuil qu'occupait la Comtesse, et fixant sur elle ses yeux brillants d'amour, il lui dit d'une voix émue!...

— Oh! que d'idées nobles sont cachées sous ce beau front !... Que la raison est sublime exprimée par votre esprit !... que vos paroles ont de charme! que je voudrais être digne de vous comprendre! que je voudrais avoir une âme pour vous apprécier. Que je voudrais ne pas me sentir si loin de vous!... Mais vous êtes née sur les hauteurs et moi dans la plaine, jeté au hasard dès ma naissance, sans guide sans soutien. Vous, sur cette terre, tout vous a aidée à marcher vers de nobles buts; moi j'ai pris les premiers chemins qui s'offraient à moi. Je me suis heurté sur toutes les pierres et je n'étais averti du danger que lorsque j'étais blessé. Privé des conseils d'un esprit supérieur, j'acceptais les avis des gens égarés comme moi. Leur langage étant le seul qui eut frappé mes sens, je l'acceptais comme le meilleur de tous;

et leurs actions d'accord avec leur langage me semblaient naturelles à imiter.

Ah! c'est depuis vos entretiens que je vois mon néant ;... que je vois le malheur de ma vie livrée à l'erreur depuis si long-temps, perdue à jamais, peut-être...

— Pourquoi cela? dit la Comtesse en tournant ses grands yeux noirs sur Julien; quand on voit ses torts on est bien près de les haïr........

Les sons de la harpe devenaient plus touchants.

— Oh! je les déteste, reprend Julien avec feu, je me voudrais régénéré, je me voudrais des vertus surnaturelles, de la noblesse dans les sentiments, de la délicatesse dans la pensée, de la pureté dans les mœurs !... Je voudrais n'avoir jamais eu que des idées naïves. Oh! qu'elle est belle la pureté, et qu'elle est sublime sous les traits d'une femme !... Que la sagesse a de grâce, que le talent a de charmes !.... Oui, pour m'entendre avec cet être divin, je voudrais anéantir mon passé, et perdre une part bien large de mon avenir....

Tout à coup il s'arrêta, les accords avaient cessé.

— Plus rien, dit-il en lui-même, plus rien.

Et son attention restait suspendue encore vers les sons fugitifs dont il ne voulait pas perdre un écho. La Comtesse écoutait aussi; mais c'étaient les paroles que Julien venait de prononcer et qu'elle avait acceptées pour elle. Tous deux plongés dans leurs réflexions, pendant quelques instants, gardèrent le silence. Julien rêvait à cette jeune fille chantant avec sa voix d'ange des cantiques pour calmer un cœur fatigué; il voyait son ombre divine projetée sur les cordes sonores; ses beaux regards errer dans l'espace, y chercher les inspirations que son cœur de vierge ne pouvait lui dicter. Il voyait ses cheveux d'or tomber sur ses bras d'albâtre. Absorbé dans ces pensées délirantes il s'écrie avec une voix étouffée et brûlante :

— Oh! oui, je t'adore!.. Tu est la plus admirable des femmes!...

La Comtesse, effrayée, se lève et disparaît. Ce mot, ce mot prononcé pour une autre avait rencontré son cœur.

Son cœur était brûlé, sa tête fatiguée, les pensées les plus folles s'y succédaient, pensées pénibles et puissantes, qui semblaient vouloir s'emparer d'elle, et s'infiltrer, pour ainsi dire, dans ses veines, dans son sang, dans ses douleurs et dans sa joie. Qu'éprouvait-elle, que désirait-elle, que voulait-elle?.. Elle voulait, tour à tour, anéantir ces pensées cruelles et s'en emparer, en devenir maîtresse, elle voulait les briser ou les conserver, jeter une masse glacée dans son cœur, ou un foyer brûlant; être, en un mot passionnée ou indifférente; et, combattant ainsi entre deux idées extrêmes, elle croyait qu'il lui serait permis de choisir entre elles. Il faut le dire, elle rougissait de se voir le jouet d'une folie.

Cette femme qui était restée indifférente à tant d'attaques; qui avait permis à tant de cœurs généreux de s'offrir; qui avait condamné tant de passions à se flétrir, sans effleurer son cœur; qui avait tout dédaigné, tout refusé; cette femme forte qui était restée froide et calme pendant les orages qui avaient grondé près d'elle; la voilà en butte à un ennemi qui l'attaque à peine. Qu'a-t-il cet homme pour être redoutable? est-ce un être doué d'un esprit supérieur, d'une âme exaltée? a-t-il une passion qui se révèle malgré lui dans un regard d'aigle? est-il animé du feu de l'enfer ou du ciel? quelque chose de surhumain se révèle-t-il en lui? Non. Qu'a-t-il donc? Ce que n'ont pas les hommes supérieurs; il a de l'originalité en tout : des principes faux, un cœur juste; des idées graves, une conduite légère; des vertus en théories, des vices en pratique; de sérieuses opinions ; épousant le paradoxe, en tout, avec passion ; ayant l'amour de la science et de la paresse; affichant la dépravation et des idées religieuses ; tendre et brusque à l'excès ; montrant ses défauts avec autant d'orgueil que les autres en mettent à montrer leurs qualités ; passionné pour les arts et n'ayant l'air de se connaître à aucun ; méprisant le faux et se moquant du vrai. Cet homme un jour ravissant, un jour effrayant, passionné et froid, raisonnable et fou, cet homme jeta une préoccupassion fatale dans la tête d'une femme raisonnable, noble et vertueuse. Il est vrai que cette cruelle impression fut d'abord dans la tête ; mais l'on sait qu'il n'y a pas loin de la tête au cœur, chez les femmes. Quand une pensée gêne leur cerveau, pour s'en débarrasser, elles s'en font bien vite un sentiment. Le sentiment se développe et devient une passion : une passion passe aisément à la folie. C'est ainsi qu'une femme supérieure s'aveugle sou-

vent sur l'homme qui l'enchaîne par l'amour :
elle lui prête des qualités qui lui sont étrangères, des vertus qu'il est lui-même tout surpris de se voir attribuer. Mensonge qui ne lui
donne pas une meilleure idée de lui-même, mais
seulement la certitude d'avoir fait une dupe.
Il accepte le vernis dont on le couvre, comme
un manteau pour cacher sa nudité. La femme
qui l'a paré de la sorte, et qui l'a jugé digne de
porter l'ornement dont elle l'a couvert, se plaît
dans son erreur, et finit par élever un piédestal à son héros, pour le grandir au niveau de
son amour.

La Comtesse renversera-t-elle la première
pierre que sa passion veut sceller en l'honneur de Julien ; ressaisira-t-elle à temps sa
raison, ou s'abandonnera-t-elle à la folie ?

Laissons-la y songer.

CHAPITRE VIII.

— Allons, Angéla, il faut se retirer, le temps est triste, la mer commence à grossir. Vous savez que le prince, en partant, m'a recommandé de ne pas vous laisser tard le soir sur cette terrasse, après le coucher du soleil; il nous faut rentrer. Rangez vos crayons et partons. La jeune fille remplissait lentement le désir de sa camériste; elle portait ses beaux yeux vers un objet qui glissait sur les flots et qui luttait avec peine contre la tempête, près d'éclater; dans un moment, elle vit disparaître le léger esquif derrière une vague élevée; sa boîte se renversa, et pendant que la gouvernante réparait, non sans se plaindre, le désordre causé par la maladresse d'Angéla, la jeune fille ne quitta pas du regard l'objet qui l'avait émue, jusqu'à ce qu'elle vit cet objet se fixer derrière un bloc de rocher. Alors joyeuse et rassurée, elle suivit celle que la peur de l'orage inquiétait uniquement.

Mais à peine rendues au palais, le tonnerre gronda, et le vent rugit; la nature semblait se révolter contre un événement sinistre. Les deux femmes entrèrent dans l'oratoire et se mirent à prier devant la madone d'ivoire. Jamais Angéla n'avait mis dans ses prières une ferveur mieux sentie. A ces paroles : Sainte-madone priez pour le voyageur; elle pressa sur son cœur l'image de la Vierge suspendue à

son sein, et ses larmes coulèrent brûlantes
sur le talisman sacré.

Un silence de mort succéda à l'agitation de
la nature, et tout s'endormit dans le palais.
Angéla seule restait éveillée et, quand elle fut
bien sûre que tout était calme, elle sortit avec
des pas si légers que le silence n'en fut point
troublé autour d'elle ; elle se rendit dans un
bosquet, où une vieille chapelle recevait chaque
jour ses prières ; elle avait l'habitude d'aller
seule, et l'on sait qu'Angéla ne trouvait jamais
de résistance à ses désirs de la part des gens
chargés de la surveiller. La chapelle qu'elle
affectionnait davantage, depuis quelques temps
surtout, communiquait à la mer par une voûte
souterraine. C'était par ce chemin caché qu'Angéla atteignait quelquefois le rivage pour s'em-
barquer avec le prince et faire une promenade
en mer.

Le prince tout seul avait la clé de cette retraite, lui seul pouvait y pénétrer, par cette

voie mystérieuse. Comme elle était imposante cette retraite après l'orage qui venait de gronder !... La lune se levait majestueuse, jetant ses reflets grandissant sur les arbres qui l'entouraient; il tombait, des milliers de feuilles dont ils étaient parés, des perles brillantes, et une douce et humide fraîcheur s'infiltrait dans les plantes, pour faire sortir de leur sein leur parfum régénérateur; la nature semblait se réveiller heureuse, les oiseaux voltigeaient de toute part, en s'appellant avec mystère, et se préparaient par un doux repos à saluer de leur concert radieux, le jour à naître.

Angéla seule au milieu de ce calme était agitée; l'oreille attentive, elle écoutait la voûte, elle regardait la terre, et restait fixée à sa place comme les saints qui entouraient la chapelle.

Une feuille qui tombe la fait tressaillir, un oiseau qui secoue les ailes l'empêche de respirer. Si sa robe se dérange elle croit qu'on la touche....; rien encore...., cependant elle a vu la nacelle s'arrêter derrière le rocher; l'orage a cessé, la mer est calme et.... et rien encore!.... la cloche tinte une heure!.... la voilà sonnée cette heure désirée, cette heure attendue..., depuis tant d'heures; Angéla arrête les mouvements de son cœur, comme pour arrêter le temps; son oreille penchée vers le souterrain, croit entendre des pas bien sourds. Ces pas approchent...., ils touchent les degrés qui montent à la chapelle,.... la porte va s'ouvrir, elle s'ouvre,... il est là,... elle se cache dans ses bras et l'entraîne dans le caveau qui tient à la chapelle.

— Viens, viens, lui dit-elle, avec une voix à peine articulée, viens nous cacher ici, viens que j'essuie ton front avec ce voile léger que j'ai porté tout le jour, oh! que l'orage m'a fait peur!... je l'ai vu de bien loin sur cette mer agitée; viens là, poser ta tête sur ce coussin de mousse que j'ai préparé ce matin pour toi.

Je devinais que tu serais fatigué; quand j'ai
vu le ciel se couvrir, oh! combien j'ai prié!
j'invoquais les nuages, les montagnes, la mer;
j'invoquais la nature entière, pour te faire une
heureuse traversée. Je t'invoquais toi-même,
car tu es mon dieu, tu es ma madone, tu es
tout ce que j'aimais; je ne me rappelle plus si,
avant de te voir, mon cœur a battu de joie ou
de tristesse; si j'ai trouvé les fleurs belles, le
ciel azuré; si le chant du rossignol m'a charmée;
si je prenais plaisir à marcher, à danser, à
chanter aussi; je ne sais pas, surtout, si j'étais
jolie; mes yeux qui fixés sur les tiens les font
briller d'un éclat céleste, ma voix qui fait vibrer la tienne en s'y mêlant, mes cheveux d'or
qui font trouver les tiens plus noirs, tout cela
que tu dis être si beau, tout cela n'existait pas
avant ta présence; tu m'as dit que j'étais belle,
et ce mot nouveau à mon oreille est tombé sur
mon cœur, je l'ai cru, je crois tout de toi, ta
parole m'a fait tant de bien! elle m'a donné la

vie;... avant toi je n'existais pas. Ces trésors de l'âme que tu m'as révélés, je les eusses toujours ignorés; je ne savais pas, moi, qu'un baiser put aller au cœur; mon front s'était glacé sous les lèvres d'un vieillard, mes lèvres n'avaient erré que sur ses mains flétries. Oh! quand ta voix sonore m'a dit que tu m'aimais, sans comprendre, j'ai senti comme toi; quand ta main a placé la mienne sur ton cœur, mon cœur aussitôt a battu comme le tien; quand ta bouche adorée m'a livré ton âme et ta pensée, j'ai eu tout-à-coup une âme et une pensée; tu vois bien que je te dois tout. Oh! viens dans mes bras que je te console des peines que tu as eues aujourd'hui, viens que je te réchauffe sur mon cœur.....

— Parles, parles toujours, dit une voix amoureuse, ta voix en arrivant à mon cœur semble le purifier; oh! mon Angéla, oh! oui je t'aime, je t'adore comme on adore une vierge, comme on chérit un ange; sainte fille,

aimable sœur, donne-moi ton front que je le
couvre de mon âme; viens, divinité de la terre,
étoile de ma pensée, viens que je te contemple;
viens enlacer tes beaux bras aux miens; respirer, sur mon cœur, les délices de la vie heureuse ; dis-moi : désires-tu un autre bonheur?
crois-tu qu'il en soit un plus grand que de
nous aimer ? dis-moi ta pensée toute entière ;
fais-moi lire dans ton âme, que je m'instruise
de ce qui s'y passe; si tu savais comme ta candeur me fait de bien, tu me fais croire à la
pureté; oh! je te respecte comme tu respectes
les saints que tu pries; je t'adore comme tu
adores le Dieu que tu sers. Tu es ma sainte,
tu es ma divinité. Viens, viens, que je puise
dans tes yeux la vie des anges; viens, que je
respire dans ton souffle le parfum de ton esprit
céleste.

Tous deux étaient l'un à l'autre par la pensée. Ils confondaient leurs âmes dans cet
échange de caresses brûlantes et de paroles

fraternelles. Ils goûtaient des délices inconnues aux amants ordinaires. S'ils fussent morts ainsi, peut-être eussent-ils trouvé place au ciel, leur bonheur était si grand qu'il ne pouvait être impur. Mais, après une heure écoulée, l'heure du départ sonnait ; il fallait voir la porte se refermer, entendre des pas s'éloigner et s'éteindre ; il fallait se séparer, se dire adieu. Adieu !.. Ce mot que l'absence et le deuil accompagnent, qui fait de la joie la douleur, qui fait verser des larmes et n'en console pas, qui traîne après lui l'inquiétude et brise l'âme de ceux qui s'aiment ! Adieu !... Tous les jours à la même heure ce mot fatal était prononcé par la belle Angéla, et répété par celui qu'elle aimait.

Oh ! oui, elle l'aimait cet homme, elle l'aimait de toute la puissance d'une jeune âme qui s'ouvre à la tendresse.

Elle l'aimait avec un cœur que nulle impression n'avait ému ; elle l'aimait de cet amour que la jeune fille porte à l'autel le jour où Dieu descend dans son cœur ; mais l'amour céleste y porte le calme et la lumière, celui-ci le trouble et l'erreur.

Cependant Angéla ne se croyait pas troublée. Elle vivait d'une existence nouvelle, sans éprouver de regrets. Pourtant, sa pensée ne lui appartenait plus, elle ne la gouvernait plus à son gré : l'étude la fatiguait, toute distraction lui paraissait une peine, les accords qu'elle voulait former sur sa harpe y venaient tristes ou mélancoliques. Elle abandonnait les airs qu'elle avait préférés, parce qu'ils étaient légers. Si elle se promenait dans son parc, on ne la voyait plus, vive et riante, chercher à fixer sous un réseau fragile l'oiseau ou le papillon ; elle les laissait voltiger, s'appeler et se rejoindre ; elle croyait à leur bonheur quand ils étaient ensemble, comme au sien quand son amant était près d'elle. Mais, pourquoi ne l'a-t-elle pas toujours à ses côtés, cet être qu'elle adore ?

pourquoi faut-il attendre la nuit pour le voir paraître? Pourquoi ce mystère?

Cette naïve enfant cherchait à deviner la cause qui la privait du bonheur de voir son amant. Mais, confiante en cet être qu'elle croyait divin, elle se reprochait bientôt ses désirs.

— N'est-il pas mon maître, se disait-elle. N'est-il pas venu ici par une puissance suprême? Oh! je me rappelle ce jour où seule ici, absorbée dans mes prières, je demandais à Dieu une joie nouvelle; je me rappelle son apparition subite et le bonheur qui succéda à mon effroi. Qu'il dispose de mon être, de ma destinée, de ma vie, je suis à lui, à lui pour toujours.....

C'est ainsi qu'Angéla s'abandonnait à sa nouvelle existence, depuis qu'un homme avait pénétré près d'elle.

Mais comment cet événement arriva-t-il? comment la volonté et les ordres d'un grand de la terre furent-ils déjoués? Par une puissance plus impérieuse que toutes les puissances que donnent l'or et le pouvoir, par l'amour d'un homme sans pouvoir et sans or.

Le despote de la Villa, le prince de Pazzi avait été forcé de quitter son palais pour un devoir politique qui l'appelait à Rome.

En partant, le prince recommanda son Angéla aux gens chargés de veiller sur elle, comme le Grand Seigneur recommande ses femmes à leurs geôliers. Mais la jeune fille ignorant toutes chose ne devait rien désirer, et ne demandait de surveillance que celle que réclame un enfant. On la laissait libre dans son palais, garantie de tous dangers apparents.

L'époque où Dieu permet et commande aux chrétiens de s'approcher de lui était arrivée; Angéla voulut, pour s'unir à son Dieu, se mêler aux femmes de la contrée et assister avec elles à la sainte communion. Julien fut averti de cet événement par l'Italien lazarone qui la servait et qu'il avait acheté. Il n'avait fait qu'entrevoir Angéla, il voulut la voir. Introduit secrètement dans la chapelle avant l'heure de la cérémonie, il la vit. Pour cela, il se blottit sous la chaire du prédicateur; au travers d'un panneau à claire-voie, il put, sans être vu, repaître ses yeux du beau spectacle religieux qui allait commencer.

En effet, le soleil avait à peine parcouru quelques lignes dans l'espace, que les portes du temple s'ouvrirent, et que des chants harmonieux unis aux instruments sacrés, appelèrent les fidèles à la fête.

Des femmes vêtues à l'italienne pénétrèrent avec recueillement jusques au fond de la chapelle, où elles s'agenouillèrent pieusement.

Bientôt on vit paraître un palanquin voilé, porté par quatre esclaves. Déposé sous les voûtes de l'église, les rideaux du palanquin s'ouvrirent, et l'on en vit descendre un être angélique sous l'aspect d'une femme. Ses traits étaient dérobés par une gaze légère qui n'empêchait pas de les distinguer. La longue robe qui l'enveloppait dans ses plis ondoyants semblait un nuage qui l'avait apportée sur la terre pour la reconduire aux cieux. Elle marcha lentement vers le cœur. Le prêtre qui officiait leva le voile et découvrit le plus beau visage et le front le plus pur que l'on eût vus jamais. L'Hostie sacrée n'eut pas plutôt touché les lèvres d'Angéla que son voile retomba sur sa belle figure. Elle se leva modeste et recueillie, regagna lentement sa voiture aérienne et disparut.

Julien tomba alors dans un délire silencieux. Les chants cessèrent, l'office finit, les portes se fermèrent, et celui qui l'avait introduit vint l'avertir de se retirer. Il le suivit troublé par mille pensées brûlantes.

Lorsque l'air eut rafraîchi son sang et redonné à sa volonté toute sa vigueur :

— Il me la faut, dit-il, il me la faut, ou bien mourir!...

Et s'adressant impétueusement à cet homme vil qui s'était déjà fait son esclave, pour un peu d'or.

— Je t'écraserai, lui dit-il, si tu me résistes... il me la faut.

— Que dites-vous, Signor mon maître, qu'avez-vous, que vous ai-je fait pour mériter votre courroux?

— Rien encore, dit Julien; mais il s'agit de me satisfaire dans un projet périlleux, insensé, peut-être cruel;... rien ne m'en détournera; c'est une volonté folle, aussi arrêtée que si elle était dictée par la raison d'un philosophe. Vois, si tu veux me servir, je te couvrirai d'or. Si tu me refuses, tu es mort.

— Oh! Dio! vous me faites trembler de tout mon être, dit le lazarone, j'ai plus peur de vous résister aujourd'hui, qu'autrefois de me battre avec un essaim de jeunes Signori. Par lez, parlez, je suis tout prêt à me laisser écraser sous le poids de vos richesses. Que voulez-vous ? que désirez-vous ?

— Pénétrer dans le palais d'un ange.

— Vous voulez donc que votre âme s'échappe de votre corps, Signor, pour monter au ciel?... alors ce ne sera pas moi qui vous ouvrirai le paradis, bien certainement. Allez, pour cela, causer avec le chapelain de la Villa.

— Au diable ton chapelain, rustre. C'est d'un ange terrestre dont il s'agit.

— Qui habite la terre?

— Oui.

— Allons, Signor, partons, courrons les pays, et quand nous l'aurons trouvé.

— Il est trouvé.

— Diavolo ! !

— Il est près d'ici.

— Oh ! !

— Il touche ces murailles.

— Ah ! ! ! Ah ! !

— C'est là que je veux pénétrer.

— Où ?

— Dans le palais de cette fille sublime, te dis-je, près d'Angéla.

— D'Angéla ! !... d'Angéla, Signor. Oh ! impossible !... Impossible. Otez de votre tête cette pensée diabolique que Satan y a placée. Vous êtes fou, Signor.

— Oui, oui, je suis fou, repond Julien ; eh bien, crains ma folie !

Les regards d'un être possédé d'une passion jette des étincelles qui brûlent et troublent celui qui les voit, presque autant que celui qui les lance, et le lazarone restait anéanti devant son maître.

— Tu entends, lui répète celui-ci, tu comprends, je veux y pénétrer.

— Pénétrer près d'Angéla , dit sourdement le malheureux bandit. Sous quelle forme ? Les oiseaux seuls peuvent franchir les fossés et les murailles , quand elles sont hautes et larges comme celles qui entourent l'habitation de la fille de Monseigneur ;... le seul côté où il n'y ait pas de fossés, c'est la mer.

— La mer, on arrive par la mer ? Alors....

— Oui , au pied d'un mur de trente pieds de haut.

Puis il réfléchit, se tourmenta ; enfin il dit, en se tordant les bras et se jetant aux pieds de Julien :

— Signor... Signor... tuez-moi, s'il vous plaît ; mais je ne puis vous obéir.

— Misérable !... dit Julien , et tous deux restèrent long-temps sans parler.

— N'importe, s'écria Julien , plus furieux encore après cet instant de repos ; je le veux,

fais-moi pénétrer là , je le veux. Si ce n'est
par les murs, par la mer, par la porte, que ce
soit par les entrailles de la terre.

L'Italien fit un mouvement à ce dernier mot,
et comme s'il voulait s'emparer d'une pensée
nouvelle, il roula ses yeux dans leur orbite,
contracta son nez, sa bouche ; se leva , marcha , et s'écria comme désespéré , en se frappant la tête :

— Misérable ! tu n'as pas la clé.

— La clé, dit Julien, la clé ; il y a donc une
porte, il y a donc des serrures. Allons , allons,
remets-toi , mon povero, calme-toi, tout n'est
pas perdu ; peut-être ne te tuerai-je pas.....
Mais au plus vite , parle, parle , dépêche-toi,
parle ou crains ma colère... Eh bien ?

— Vous avez dit, par les entrailles de la
terre...

— Oui , eh bien ?

— Il y a une voûte... il y a une porte ; mais
nous n'avons pas de clé.

— Viens , viens , dit Julien dans le délire,
on enfonce la porte !....

— Elle est en fer !

— Qu'importe.

— Elle est creusée dans le roc.

— Elle en sautera plus noblement. Partons....

— Arrêtez , Signor, je suis à vous corps et
âme , je ne veux pas mourir et je veux de l'or,
ainsi vous n'avez rien à craindre de moi; mais,
au grand jour, se serait plus que démence de
notre part de tenter le siége ; attendons ce soir.
Quand la nuit couvrira les montagnes , quand
la lune blanchira les vagues , ma nacelle vous
attendra au bas de la jetée du midi , vous y
descendrez avec moi, et la sainte Madone
protégera notre expédition ; car, en attendant
l'heure de notre départ , je vais prier comme
jadis je priais pour rencontrer le voyageur à
bourse pleine.

En disant ces mots, le lazarone sortit de son

sein un chapelet, et quitta Julien pour aller
adresser ses pieuses exhortations à sa sainte.
Julien lui jeta un regard méprisant et se dirigea vers l'appartement de la Comtesse.

CHAPITRE IX.

— Vous venez tard, lui dit-elle, je croyais que vous m'aviez oubliée.

— Moi, Madame, lui répondit Julien avec mélancolie, non vous ne croyez pas cela. Les femmes aiment qu'on lise leurs pensées secrètes, et surtout qu'on les dispense de le dire ; c'est leur faire une véritable galanterie que de les sauver d'un aveu qu'elles ne pour-

raient faire sans rougir, et qu'elles brûlent de
dévoiler.

La Comtesse se contenta de lever ses beaux
yeux sur Julien. Ce regard disait je vous re-
mercie.

L'entretien eut de la peine à s'établir ; Julien semblait préoccupé, la Comtesse embarrassée ; ils ne trouvèrent rien à se dire d'eux-
mêmes et, comme il n'y avait que de l'esprit
à faire ensemble, ils se trouvèrent en défaut
parce que leur esprit était enveloppé de vapeurs : on sait qu'en pareil cas on a recours à
des lieux communs.

Après avoir parlé du chaud et non du froid,
la Comtesse, comme pour remplir un devoir
bizarre qui consiste à parler toujours, quand
on a quelqu'un près de soi, bien qu'on n'ait
rien à dire, la Comtesse parla de la cérémonie
du matin.

— Vous y étiez, dit Julien presque ému.

— Non, certes, dit-elle, je n'aime pas les

dévotions à jour fixe. Il y a du génie dans la foi, il faut attendre qu'elle parle au cœur, comme le poëte attend les belles pensées; on ne peut faire rien de bon sans inspiration, et rien n'est moins propre à développer notre esprit et notre âme que la méthode.

Julien laissa la comtesse se perdre ou se retrouver dans ses définitions philosophiques et métaphysiques. Il tombait de loin en loin de ses lèvres un mot d'approbation ou un tendre sourire. Mais il comptait toutes les heures qui s'écoulaient et devaient s'écouler jusqu'au moment du départ. Elle fut longue cette journée; et lorsque le soleil se cacha derrière la montagne, la nuit parut encore un siècle à venir. Enfin l'heure du rendez-vous allait sonner, ce fut le moment de redoubler de soins auprès de la Comtesse. On parla du malheur de la quitter, du bonheur de la revoir le lendemain; on arrangea la journée d'avance, et jamais on n'avait trouvé tant de moyens de la rendre agréable. Ce fut au milieu de mille projets ravissants que Julien se sépara de la Comtesse, le cœur tout rempli d'une autre image, d'autres désirs et d'autres projets.

— C'est moi, dit Julien à voix basse à un homme couché dans une petite barque fixée au rocher. L'homme, sans dire un mot, prit place près des rames légères dont il savait habilement se servir, et une fois son maître assis à l'autre bord il frappa la vague, et la nacelle commença à se balancer sur l'abîme. Le ciel était azuré, la lune majestueuse, la mer grondait sous les pieds du voyageur, comme pour l'avertir du danger de se fier à elle. Mais Julien, absorbé par une seule pensée profonde, ne voyait ni le ciel ni la mer.

Après une heure de traversée, ils arrivèrent devant le mur et le rocher qui servait de limite au parc d'Angéla. L'Italien accrocha la barque et fit descendre son maître sur une digue qui défendait un fossé contre les flots. Là des degrés

menaient à une porte de fer massive et très-
basse ; on ne pouvait distinguer au dehors le
moyen qui servait à ouvrir cette porte; des
clous la lardaient de tous côtés. Sans doute,
sous un de ces clous il y avait un secret connu
de la seule personne qui le possédait. Après
maints efforts inutiles, Julien se sentit décou-
ragé et prêt à abandonner, ce soir-là du moins,
son entreprise. Il remonta les degrés pour
se disposer au départ; la barque était fixée au
mur, mais l'Italien n'y était plus. Julien se
sentit glacé de crainte dans ce lieu où seul il
restait sans ressource, car il ne pouvait ni se
mettre en mer, ne sachant pas naviguer, ni demander secours puisque pesonne ne devait
l'entendre. Il quitta la nacelle encore et revint
devant la porte mystérieuse, cherchant de tous
côtés son conducteur et son salut, quand tout-
à-coup il crut entendre des pas, sans pouvoir
distinguer d'où ils partaient. Ces pas s'appro-
chèrent, un verrou glissa, et la masse de fer

tourna lentement; Julien crut à une puissance surnaturelle ou à l'apparition de quelque être fantastique : un homme parut ; cet homme était le lazarone qui avait pénétré dans l'intérieur de la grotte par une énorme crevasse qu'il venait de découvrir, et qui l'avait introduit presqu'à son insu. Devant la porte de fer, en la parcourant de toutes parts, il avait saisi un bouton plus saillant que les autres, il avait pressé le ressort et la porte s'était ouverte par enchantement.

Julien resta stupéfait devant cette espèce de génie diabolique qui semblait lui ouvrir les portes du ciel ; et, craignant de voir l'œuvre du démon dans cette miraculeuse découverte, il s'abstint de lui faire aucune question.

— Voyez ; dit le lazarone, voici le souterrain qui conduit à la chapelle de votre ange. Ah ! *Santa croce !*... que les saints du paradis la protégent !.....

Des verroux qui tomberaient devant un condamné, le ciel qui s'ouvrirait à un réprouvé, ne produiraient pas sur eux une impression plus vive que cette porte de fer tournant sur ses gonds, pour laisser passer Julien étonné, ravi; il se croyait dans un monde enchanté. Tout-à-coup il se rappelle que le prince a la clef de cette porte. Ce mystère pour pénétrer chez Angéla le met en fureur.

— Misérable vieillard, dit-il avec mépris, flétrir de son souffle impur cette belle fleur! C'est pendant la nuit qu'il se glisse comme un oiseau nocturne, pour se repaître de cette suave créature. Où peut aboutir cette galerie souterraine, pensait-il en la parcourant? A l'appartement d'Angéla, sans doute. Marchons, et que l'amour me conduise à ses pieds. La jeune fille attend peut-être son vieux maître, elle ne fuira pas un jeune esclave.

Il marchait déjà depuis long-temps, aucun bruit n'interrompait le silence de ce lieu sombre. L'Italien avait refermé la porte et se tenait

droit derrière, comme pour lui imprimer une
force nouvelle, et disposé à enfoncer le stylet
qui brillait à sa ceinture dans le cœur d'un
importun, plutôt que de permettre qu'il déran-
geât son maître, son maître qui devait le couvrir d'or !!...

Julien pénétrait de plus en plus dans le
souterrain. Il se trouva arrêté par des degrés,
il les monta, poussa légèrement une porte, et
commença à respirer un air doux et frais ; il
arrive à un espèce de palier ; il fait quelques
pas dans une galerie étroite qui le conduit enfin
dans l'intérieur d'une chapelle gothique ; des
signes religieux y sont suspendus ; des fleurs
odorantes y répandent leur pur encens ; un
tapis moëlleux est jeté sur les marches qui
conduisent au chœur: un seul prie-dieu, dans
cette enceinte, prouve qu'une seule personne y
vient prier. Il est étonné de trouver de pieux
ornements là où il pensait rencontrer un luxe
mondain. Il rougit intérieurement de son er-

reur, et peut-être des sentiments qui l'ont amené jusque là.

Il s'en fallut de peu qu'il ne retournât chercher sa nacelle et renonçât à jeter le désordre dans cet asile voué à la prière ; mais ce vieillard usé dans une vie d'intrigue et d'agitation, peut-il bien, en effet, traverser les mers et les souterrains, pour venir demander à un enfant d'unir sa voix d'ange à son organe rauque et discordant?... Ce vieillard qui pénètre seul jusqu'au sanctuaire où repose la pureté et la beauté, qu'y vient-il faire?... hélas n'y viendrait-il pas plutôt couvrir ses infamies du voile de la religion.

Oh! misérable! s'il en était ainsi!... ton hospitalité te couterait la vie, pensait Julien avec colère, oubliant qu'il était là avec l'intention de perdre la femme qu'il trouvait si affreux à un autre de ne pas respecter.

Depuis un instant sa passion s'emblait s'être refroidie, ou plutôt, malgré lui, il avait reçu l'influence de l'atmosphère qu'on respire dans les saints lieux ; air pur qui dissipe les vapeurs d'un esprit agité, qui s'infiltre dans le sang et calme le cœur, qui impose le silence aux pensées mondaines, efface les haines et les passions.

L'église a plus encore fait de justes, qu'elle n'a reçu des méchants dans son sein. L'homme ne peut entrer dans la vie ni en sortir sans que les portes d'un temple s'ouvrent pour lui, et le plus mondain durant sa vie n'ose s'en approcher sans respect. Que possède donc une église pour se faire respecter même de ceux qui ne respectent rien ?... L'échos des repentirs et la clémence de Dieu.

Julien absorbé dans ses pensées, restait immobile, appuyé sur une statue de marbre, et se confondait en projets et en conjectures, quand un léger bruit se fit entendre ; il se glissa derrière le marbre où il était appuyé ; bientôt une femme parut, son voile était rejeté en ar-

rière. Qu'elle était belle ! qu'elle était brillante !
une pureté céleste blanchissait son front ; elle se
prosterna devant le Christ, tenant en ses mains
un chapelet de rubis et pria en silence, puis sa
douce voix chanta des cantiques, puis elle se
remit à prier. Enfin , elle prononça ces mots :
« Mon Sauveur et mon Dieu ! faites que je reste
» digne de vous. Bénissez le prince mon bien-
» faiteur , sauvez-moi du démon ; ainsi soit-il. »
Elle fit le signe de la croix et se disposait à
sortir..... un homme la saisit dans ses bras,
elle jette un cri, elle veut fuir....

   — Non, non... ne t'effrayes pas, dit une voix
d'une douceur inconnue à la belle prisonnière.
Tu aimes les anges n'est-ce pas ? tu crois à leur
pureté ? si l'un de ces êtres surnaturels t'ap-
paraissait, tu ne le craindrais pas... rappelle-
toi la vierge que tu adores, un ange en fit une
femme céleste, et lui donna les joies du ciel. Eh
bien, moi, je veux t'apprendre le bonheur, Angéla, je veux être pour toi un ange sur la terre,

écoute, écoute, lui disait-il tendrement, ne t'éloigne pas, n'aies pas peur de moi.

La jeune fille cherchait doucement à s'échapper. Julien se mit à ses genoux.

—Tu me vois prosterné devant toi, lui dit-il, comme devant une Madone; tu es ma divinité, Angéla, car je t'adore! tu es mon être céleste, et je te rends les hommages qu'on doit à une sainte; tu peux me tuer ou me perdre; si tu me chasses comme un ennemi je mourrai; tu me sauves, tu me donnes la vie si tu m'accueilles comme un ami. J'ai traversé les mers pour arriver à toi; j'ai quitté mon pays ma patrie pour te trouver; ah! ne me chasses pas, ne me dis pas que je te fais peur; je ne veux que te voir, que te contempler, que t'adorer à genou... Angéla, regarde mes yeux, dis-moi si le vieillard que tu vois tous les jours, a dans son regard la tendresse qui se peint dans le mien; pose sur mon front tes belles mains, et dis si le front du vieillard brûle ainsi près de

toi ; écoute les battements de mon cœur, vois
mon sourire, vois tout mon être soumis à ta
loi.... Angéla !... Angéla !.... ordonne, veux-
tu me perdre ou me sauver ?... veux-tu que
je meure ou que je vive ?... Il fixait sur les
yeux d'Angéla ses yeux enflammés, et cherchait
à la fasciner de son regard passionné et terrible.

La jeune fille le regardait étonnée ; elle eut
voulu fuir, elle demeurait fixée à sa place ; une
puissance inconnue, irrésistible la retenait : elle
ne songeait pas à baisser ses yeux qui regardaient tendrement, à retirer ses mains que
Julien serrait fortement entre les siennes ;
elle le laissait à ses pieds s'enivrer d'amour ;
elle recevait ses serments sans les deviner,
elle y répondait avec un tendre sourire,
sans savoir que ce sourire bouleversait un
homme ; et, sans comprendre l'impression
qu'elle éprouvait, à son tour, des regards, des

paroles, de la présence de cet homme; elle se laissait abandonner à tout ce quelle éprouvait. Cette impression lui donnait une joie intime et inconnue; d'ailleurs pouvait-elle, si faible et si innocente, se défendre contre lui et surtout contre elle-même?.... Fuyait-elle l'étoile qui se montrait à elle quand le jour tombait, quand le ciel se parait de toutes ses constellations, ne le contemplait-elle pas avec bonheur; quand son bel agneau venait se coucher à ses pieds, ne le caressait-elle pas avec complaisance; quand un bel oiseau venait se placer sur son épaule et lui disait Angéla je t'aime, ne lui répondait-elle pas par un baiser. L'oiseau qui gazouille sur sa tête, le papillon qui voltige autour d'elle, tout l'intéresse, tout l'émeut; comment cet être qui l'adore, qui vient de le lui dire dans son propre langage, qui, dans ses yeux et ses paroles, vient de lui peindre un bonheur inconnu; comment repousserait-elle ces regards et cette voix, puisqu'ils la font tressaillir d'une joie nouvelle.

— Ordonne, ordonne, répétait Julien avec passion, faut-il mourir ou vivre ?

— Il faut vivre, dit-elle........

— Et t'adorer, reprend Julien.

La jeune fille baissa ses yeux.... Un soupir sortit de sa poitrine, Julien la pressa sur son cœur, et déposa sur ses lèvres la mort de son innocence.

—

—Non... non.... je ne veux pas la posséder, je veux une fois connaître l'amour sans le délire des sens... j'ai rencontré la seule femme, peut-être digne de ce sacrifice. Si je voulais, pourtant, elle serait à moi, disait-il avec un sourire satanique ; à moi !.. Cette fille céleste deviendrait une femme comme toutes les femmes, elle serait perdue ! Se peut-il qu'en si peu d'instants, cet ange soit tombé dans le piège que lui a tendu mon adresse. Elle s'est abandonnée à moi par innocence, comme une autre l'aurait fait par trop d'expérience. Sa trop grande pureté l'a confondue un instant avec la femme corrompue, et de la fille que je méprise à cette céleste créature, il n'y a qu'une conscience de plus. Oh ! oui, qu'elle conserve près de moi, quelque temps encore, sa pensée vierge.... j'ai senti que je brûlais son cœur. Oh ! puissance de l'amour, feu céleste et infernal, tu vivifies et tu consumes; mais ta flamme est plus souvent destructive que bienfaisante. Pauvre enfant, quel céleste regard, quelle grâce divine dans le mot qu'elle a prononcé : « Il faut vivre...» Elle veut que je vive, et moi, je veux la tuer ! Oui, la tuer ; car, en faire une femme, c'est la dégrader, c'est anéantir l'ange... Pauvre Angéla !..

Depuis deux mois entiers, chaque jour, à la même heure, Julien venait, par la voie souterraine, dans la chapelle, où se rendait Angéla au milieu de la nuit. Julien, chaque jour, devenait plus cher à sa jeune idole; mais Angéla eut peine à comprendre, dans son bonheur, qu'il fallait le dissimuler.

Le mystère, en amour, est un charme puissant que l'âme la plus pure accepte sans croire faire un mensonge. Ce mensonge, si c'en est un, est compris de toutes les âmes qui se cherchent et s'entendent; deux êtres qui s'aiment voudraient être seuls sur la terre. Le mystère les isole des importuns, et couvre du voile de la pudeur leurs sensations et leur bonheur intime.

Ainsi, Angéla consentit sans peine à cacher à tous les yeux ses entrevues avec son amant.

Julien avait, de son côté, d'autres mensonges

à faire, une intrigue à conduire, à laquelle était attachée la possibilité de rester chez le prince, car l'amour seul de la Comtesse pouvait l'y retenir.

On se rappelle les mots d'amour échappés à Julien, dont Angéla était la pensée; ces mots s'étaient gravés dans le cœur d'Héléna, y avaient jeté l'agitation et le désordre, et disposèrent, en un instant, de la volonté de cette femme qui luttait contre elle-même depuis près d'une année.

On se décide quelquefois à un parti violent, par l'incident le plus léger ou le plus bizarre ; tel qui a montré un courage stoïque, dans des circonstances très-graves, se laisse abattre par une contrariété : telle femme qui a résisté aux preuves d'attachement irrécusables d'un homme qui l'adorait, cède à l'influence du regard d'un homme qui l'aime peu, et se passionne pour un mot qui tombe au hasard de ses lèvres. C'est ainsi qu'une femme, après avoir vu tous les dangers d'une passion , après avoir pu s'en garantir, après avoir mis dans sa conduite la réserve la mieux calculée, la prudence la plus exacte; après avoir compris et pratiqué la vertu pendant des années, peut, en un jour, oublier réserve, raison, vertu, pour s'abandonner tout d'un coup à une séduction éphémère; il semble que, ce jour-là, elle se sépare de sa conscience comme d'un manteau d'hiver à l'entrée d'une fête, et que, leste et joyeuse, elle jouisse pour la première fois de sa liberté. Cette liberté-là a ses dangers comme toutes les libertés. L'amour qui l'a donnée lui adjoint la jalousie, la crainte, l'inquiétude, les fausses joies, les larmes, les soupirs, les insomnies, le délire. Ainsi, la Comtesse avait changé sa raison en folie, et s'était fait folle, sachant les tourments qui l'attendaient dans la périlleuse existence qu'elle avait choisie. Mais ses armes étaient usées, la lutte était terminée; il ne lui restait plus de vouloir pour la gêne.

Un soir, en quittant Julien, toute émue et versant des larmes, elle s'écria :

— Il m'aime!... Je veux être heureuse enfin !!!...

Julien avait trop d'intérêt à montrer de l'amour à la Comtesse, pour qu'elle le crût indifférent. Elle s'étonnait quelquefois que celui que son cœur nommait son amant ne fût pas plus pressant auprès d'elle. Elle lui savait gré pourtant de sa délicatesse qu'elle décorait du nom de respect ; puis, son amour-propre de femme supérieure lui disait qu'elle était bien de nature à imposer un peu. L'empressement de Julien à lui rendre des soins, ses complaisances, ses attentions, leurs entretiens sérieux, où l'homme léger semblait prendre tant de charmes et puiser de si bonnes pensées, les éloges bruyants qu'il ne cessait de faire à la Comtesse sur sa personne et surtout sur son esprit, tout cela joint à l'amour qui brûlait son cœur lui faisait croire qu'elle avait inspiré la plus violente et la plus profonde des passions. Cette existence toute d'amour platonique était nouvelle et piquante pour Julien ; il s'y abandonnait et y avait sacrifié ses anciennes habitudes, son pays, et jusqu'à son Augustine, sa bonne sœur!...

Lorsque Julien eut pénétré dans l'asile d'Angéla, malgré son habileté à feindre, la Comtesse avait remarqué en lui quelques changements. En pareil cas, les prétextes pour se défendre sont bientôt épuisés, et la peine qu'on se donne pour mentir tourne presque toujours au profit de la vérité. Si bien, qu'après quelques observations plus attentives, la Comtesse ne douta plus de la préoccupation de son amant. Mais son cœur facile à satisfaire sa passion n'y vit que l'effet de son amour pour elle.

— Il est pâle, il est triste, une pensée pé-

nible semble l'absorber, dit-elle, son regard
est toujours tendre, plus tendre que jamais
peut-être, mais un voile mélancolique en dé-
robe l'éclat. Cette passion que je lui inspire fait
son malheur peut-être, elle l'éloigne de sa patrie, de sa famille. Ah! j'ai cédé au désir de
mon cœur en lui permettant d'y lire, que faire
à présent pour réparer mon imprudence! Cet
homme qu'on dit à Paris si léger, incapable de
s'attacher à une femme honorable. Cet homme
qui n'a, dit-on, dans le cœur, que des vices;
dans la tête, que des idées folles et des mensonges; qui passe les jours dans des intrigues
et les nuits dans la débauche; il est là, depuis
plus de six mois, près d'une femme, pour le seul
bonheur de savoir qu'il est aimé, pour la seule
jouissance d'échanger des idées dans des entretiens purs et graves. Oh! que le monde est
méchant, et qu'il est peu digne de lire dans les
âmes! Julien, se disait-elle avec passion, tu ne
sais pas combien je t'aime!... tu ne sais pas

que ton amante a des trésors de passion dans
le cœur, qu'elle est encore plus tendre que
passionnée, qu'elle n'a jamais été heureuse,
qu'elle n'a jamais aimé ; tu ne sais pas que toi
seul as fait battre son cœur, que toi seul l'as
rendue folle ; oui, à lui toute entière, s'écriait-
elle seule, plutôt que de le voir souffrir ; que
m'importe à présent le monde et ma liberté, le
monde est tout en lui ! Ma liberté, c'est la
chaîne qui m'attache à sa destinée ; mon pays,
c'est celui qu'il préfère ; mon ciel, c'est celui
qui le couvre ; mon air, c'est celui qu'il respire ; ma fortune, c'est sa loi ; mon trésor, c'est
son cœur. Lui ! lui toujours, et après lui un
tombeau.

Un soir, Julien était plus sombre qu'à l'ordinaire, et pourtant il s'efforçait de cacher sous
des dehors gracieux le sentiment de tristesse
que renfermait son cœur. La Comtesse l'observait avec plus d'attention et plus de sollicitude
qu'à l'ordinaire. Elle l'avait fait placer sur un

tabouret, à ses pieds, et tenait renversée sur ses genoux sa tête qu'elle trouvait charmante. Ses belles mains se promenaient sur le front brûlant de Julien. A chaque instant elle voulait lui demander la cause de son ennui, et n'en faisait rien, retenue par le charme de voir un homme souffrir d'amour pour elle. Ils s'abandonnaient tous deux à leurs pensées diverses, l'une embarrassée de ce qu'elle devait dire, et l'autre de son silence, quand un grand bruit se fit entendre, les deux battants de la porte du boudoir de la Comtesse s'ouvrirent, et l'on entendit une voix sonore annoncer : Le prince !

La Comtesse comme frappée par une baguette de fée reprit son allure grave et de femme du monde, Julien baissa les yeux et se leva en jetant de côté le tabouret sur lequel il était assis. Cependant le prince eût peut-être pu remarquer un peu de trouble dans sa nièce, si lui-même n'eût été profondément préoccupé ; mais il traversa brusquement le salon et vint s'asseoir avant que la Comtesse eût eu le temps de lui offrir le fauteuil d'honneur.

— Vous me voyez ému ma nièce, dit-il, en essuyant ses cheveux blanc inondés de sueur ; oui, dit-il d'une voix tremblante, je suis en fureur...., un serpent a jeté son venin dans la fleur que je cultivais, il l'a flétrie. L'ange des ténèbres est venu habiter près de mon ange terrestre, mon Angéla est perdue !!...

— Perdue, s'écrièrent la Comtesse et Julien en même temps.

— Elle vous a été enlevée, poursuivit la Comtesse.

— Enlevée? non, dit le prince ; mais perdue....

— Comment cela ?.. dit la Comtesse émue à son tour.

Il se passa en elle une révolution intime qu'elle ne pouvait définir ; son cœur bat-

tait avec violence, sa tête était absorbée par
des idées confuses, une catastrophe paraissait
la menacer ; et cependant, que semblait devoir
faire au bonheur de la Comtesse le changement d'Angéla ?.. Vingt fois elle avait blâmé
le prince de jeter des trésors au pied d'une
enfant, qui ne lui était rien, et n'avait pour
lui d'autre charme qu'une fantaisie ; cependant elle insista dans ses questions, et sans
savoir pourquoi, elle les multiplia, et finit par
apprendre qu'Angéla n'était plus la jeune fille
insouciante, la belle rose épanouie à peine,
la légère fauvette gazouillant sans cesse, la
jeune déité ignorant le monde et ses désirs,
au front virginal, aux yeux sereins, aux lèvres
pures que pas un souci n'a touchées ; elle apprit qu'Angéla était pâle, triste, levant au ciel
des yeux mouillés de larmes, parlant de douleur et de mort, refusant les plaisirs qui la
charmaient naguère, ne voulant plus quitter sa
retraite, ni pour voir son bienfaiteur ni pour

voguer dans la nacelle, ni pour courir dans son parc, sur son beau coursier. Elle apprit encore que la jeune fille laissait sa harpe silencieuse et ses pinceaux oisifs, qu'elle avait moins de ferveur à prier, et qu'elle semblait craindre la présence même de son bienfaiteur.

— Cette joie si vive et si naïve qu'elle témoignait à mon approche, dit le prince, a fait place à un sentiment de crainte qu'elle veut en vain dissimuler. Quand je la quitte, elle semble garder sur son cœur un poids qui l'oppresse; ses belles mains sont amaigries et brûlantes; son front est brûlant comme ses mains. Angéla n'est plus qu'une jeune fille tourmentée et malheureuse, de divine qu'elle était avant mon départ.

— C'est sans doute l'absence de Monseigneur qui aura attristé cette enfant, dit Julien, avec un ton d'indifférence qui n'échappa pas à la Comtesse.

— J'attends de vous un service, ma nièce,
dit le prince à la Comtesse, avec ce ton d'au-
torité qui ne connaît pas de refus.

—Je suis à vos ordres, mon oncle, répondit
elle.

— Il faut que vous m'aidiez à lire dans le
cœur de cette enfant; je veux savoir ce qui se
passe en elle, et vous seule pouvez vous insi-
nuer dans les replis de sa pensée; moi, je lui
impose par mon âge et le respect, seul sentiment qu'elle ait jamais eu pour moi. Voyez-la,
ma nièce, et bientôt nous apprendrons la cause
de ce changement subit. Malheur à celui qui
n'aura pas craint de jeter dans l'esprit de mon
Angéla des germes de corruption; il est encore
des cachots dans le palais où l'on peut expier
ses crimes.... Vous la verrez, Comtesse?

— Je ferai tout ce qui plaira à Monseigneur,
dit la Comtesse; mais, pour arriver près d'elle,
il faut faire tomber bien des verrous.

— Venez à l'instant, dit le Prince, je vais donner des ordres et vous introduire moi-même.

Julien fit un signe à la Comtesse, et celle-ci reprit sans hésiter :

— Monseigneur, je suis prête à vous suivre, mais je crains que votre Angéla, qui n'a vu que sa camériste et des esclaves, ait peur de moi ; et puis, pour que ma visite ait l'effet que Votre Altesse en attend, il me faudrait connaître davantage le caractère de celle à qui je vais m'adresser : la mission que Monseigneur me fait l'honneur de me confier n'est pas chose facile : pénétrer dans les replis d'un cœur.....

— L'innocence de celui-ci, reprit le Prince....

— Oh ! n'empêche pas qu'il n'ait ses mystères, dit la Comtesse ; et, je vous le répète, mon oncle, permettez-moi d'aller demain, avant votre lever, m'instruire auprès de vous du caractère de votre pupille, et de quelques détails de sa vie; alors vous me présenterez à elle sous mon titre glorieux de votre parente, et nous serons bientôt d'anciennes amies! Soyez assuré, Monseigneur, que je mettrai, près de cette enfant, dans les recherches qui vous intéressent toute la délicatesse et tout le zèle que votre recommandation m'impose.

— J'ai confiance aussi dans votre adresse, dit le Prince avec malice, et je suis sûr de voir son cœur comme à travers un miroir; car la Comtesse Héléna est la plus fine, la plus spirituelle et la plus instruite des femmes distinguées de notre belle Italie; celui qui parviendrait à la tromper serait Satan en personne.

— Ou serait aimé d'elle, dit la Comtesse à voix basse, en regardant Julien.

— Le Prince se leva, la Comtesse le reconduisit, avec cérémonie, jusqu'au dernier degré de son appartement, où ils échangèrent un profond salut, en se promettant de se voir le lendemain matin.

— Ferons - nous une lecture, dit nonchalamment Julien, en rentrant au salon, à la Comtesse qui paraissait de mauvaise humeur.

— Oh! non, dit-elle, cette visite du Prince m'a toute fatiguée, et l'idée de l'ennuyeuse promenade qu'il me faut faire demain chez cette petite, me fatigue encore davantage. Où le Prince a-t-il trouvé cette aventurière.

— Sur le seuil de son palais, dit Julien, en déguisant l'agitation de son âme sous un sourire dédaigneux.

— Vous savez l'histoire de cette fille, dit la Comtesse étonnée.

— Le Prince m'en a dit quelques mots.

— Ah! il vous a parlé d'Angéla ?... Et que vous a-t-il dit?

— Qu'une femme était morte, en la mettant au monde, à quelques pas d'ici.

— Eh! mais, vraiment ce début promet une existence toute romanesque! Une mère morte sur le seuil d'un palais, sa fille élevée en princesse, chérie, adorée d'un homme puissant! il ne manque à cela qu'une intrigue d'amour, un suicide ou un meurtre, pour en faire une nouvelle du jour fort amusante!....

— L'amour peut à lui seul inspirer de belles pensées!

— C'est vous qui trouvez cela, M. de Bristanne, vous! Mais qu'avez-vous donc fait de vos idées légères?...

— C'est vous, Madame, qui le savez.

— Moi!

— C'est par vous qu'elles se sont séparées de moi.

— Oui, il y a quelque temps, en effet, que

je ne vous en ai trouvé ; mais je ne crois pas avoir seule opéré le prodige.

— Que dites-vous ?

— Une folie ; car je ne vous crois pas changé.

— Changé ! reprend Julien avec feu ; mais je vous adore ! vous êtes ma vie, ma destinée. Oh ! si vous saviez , si vous pouviez comprendre ce qui se passe dans mon âme. Moi ! moi !... être aimé de vous !...

Il tomba à ses pieds , lui baisa les mains avec transport ; il joua le délire , la passion ; il semblait retenu par le respect, dans les limites qu'il s'imposait malgré lui ; puis quittant les pieds de la Comtesse , il marchait avec agitation , se parlait seul.....

Les mots vertu , honneur, dévouement , sortaient de sa poitrine oppressée ; des soupirs s'y mêlaient, puis, se jetant sur les mains de la Comtesse , pour y déposer ses larmes, il la quitta brusquement comme pour échap-

per au danger de n'être plus maître de son
amour.

—

L'heure du repos était arrivée ; la Comtesse,
enveloppée dans ses rideaux de gaze, cherchait, avant le sommeil, l'ombre de celui qui
venait de la quitter, et ses lèvres murmurè-
rent, avant de se fermer, ces mots : « Non,
» non, jamais femme ne fut plus adorée que
» moi !.... »

————

CHAPITRE X.

—A moi, à moi, Lazarone! prends tes rames, et plus vite que l'habitant des mers, traversons l'espace qui me sépare d'elle. Arriverai-je à temps!...

L'Italien forçait la mer à céder sous ses efforts, et bientôt il attacha sa barque au rocher.

—Qu'est-ce ceci? dit-il, du sable frais! depuis trois jours quel changement!

Oh! tout est perduto!.. le trou est comblé.

—Que dis-tu, malheureux!...

— Povero Signore! impossible!...

Julien approche, il reste pétrifié devant un pan de rocher nouvellement construit.

— Oh! damnation! damnation!... s'écriait-il... Que faire, que devenir?

Il essayait avec fureur d'arracher les pierres, le sable, les plantes, les arbres, les coquilles, tout ce qui pouvait céder sous sa main meurtrière: il voulait démolir cet obstacle invincible qui le retenait irrésistiblement séparé de celle qu'il lui était si important de voir, de celle qui depuis trois jours gémissait de son absence. En vain Julien lui avait fait comprendre la nécessité de rester éloignés quelque temps l'un de l'autre, à cause de l'arrivée du Prince. Angéla s'était rendue à ses raisons sans les analyser; et seule s'était abandonnée à la tristesse d'un être qui serait subitement privé des éléments de la vie.

Mais, à la vue de ce malheur imprévu qui l'empêchait de pénétrer chez Angéla, Julien tomba dans un désespoir affreux : il proférait des cris, des gémissements ; il versait des larmes brûlantes, il maudissait le Prince et la Comtesse, il blasphémait de tout le délire de sa passion et de sa colère, contre Dieu lui-même et la nature ; il frappait les eaux et menaçait le ciel. Mais la mer roulait ses flots sous le beau ciel étincelant d'étoiles, et l'astre du soir suivait tranquillement sa marche méthodique, plus brillant que jamais.

Après avoir exhalé sa fureur il tomba épuisé et pensif, et promenant des regards de reproche sur la voûte céleste, les rochers et la mer :

—Quelle est donc cette puissance égoïste qui régit tout cela? dit-il, écrasé par le spectacle ordonné de la nature. D'où vient cette harmonie parfaite qui semble se rire du désordre de mon âme? pourquoi tout est-il bien hors de l'homme, et tout est-il mal en lui? Est-ce justice de m'avoir donné des passions pour me torturer par elles ? est-ce justice d'avoir donné à cette mer un cours tranquille et égal, même quand elle paraît agitée ? à ces rochers la force de résister aux vagues menaçantes? à ce ciel des calculs certains pour que des milliers de mondes s'y tiennent sans se heurter ? Est-il juste d'avoir doué les habitants des eaux, de la terre et des mers, d'un instinct qui suffit à leur bien-être, et moi, de m'avoir doué d'une pensée qui m'égare? Enfin est-il d'un être bienfaisant d'avoir fait tout heureux autour de moi, et de m'avoir fait malheureux, moi animé, dit-on, d'un souffle céleste? C'est plutôt l'enfer qui m'a créé, qui m'a jeté, avec la vie, ce besoin insatiable de jouissance, dont le désir me dévore et la possession me fatigue; cette inconstance dans mes souffrances mêmes, qui me porte à me reposer d'un chagrin dans un tourment nouveau, n'est-elle pas la preuve de la pauvreté de ma nature. Et retournant dans tous les sens ces idées matérialistes, il ôta peu à peu à son esprit l'agitation sanguine qu'il avait prise pour de l'exaltation.

— Voyons un peu, dit-il, à quoi m'a mené, depuis six mois, cette belle pensée dont nous devons être si fiers : à faire quatre cents lieues pour séduire une femme du monde que je n'aime pas ; à voir de près une ingénue qui, par innocence, va me donner cent tourments. Me voici les pieds dans la mer et les yeux fixés comme ceux d'un hibou sur des pierres de rochers ; le cœur brûlé, la tête en feu, menacé d'avoir pour retraite, sous le beau ciel d'Italie, un cachot d'une des villa du Prince de Pazzi, ou bien peut-être, avant d'y descendre, le doux poignard de ma belle Comtesse, qui, sous le prétexte que je devrais l'aimer, m'idolâtre en furieuse. En vérité, quand je songe, qu'à cette même heure où je suis si mal à mon aise, sous un vent glacial, dans une maison flottante, je pourrais reposer bien doucement

sur des édredons, ou rire et folâtrer dans une
de nos charmantes soirées de champagne et de
folie, je ne puis m'empêcher de me moquer
de moi-même, ou plutôt de revenir à la raison. N'y a-t-il pas assez d'Héléna françaises à
Paris, pour me consoler d'une prude et d'une
enfant? et n'auront-elles pas assez de mon souvenir pour les consoler de ma perte? Je devrais
partir demain avant le jour.

—Lazarone! cria-t-il à l'Italien, qui dormait
enveloppé dans son manteau, partons...

— Si Signor,...... dit l'Italien en se réveillant.

—Silence! répond Julien.

Il voulait réfléchir encore sur ce qu'il devait
faire, et quand on n'a pas l'habitude de la réflexion, il faut du calme pour y arriver.

En rentrant chez lui, il se mit à écrire une
lettre à la Comtesse, une au Prince, toutes
deux convenables et de bon goût : à la Comtesse la promesse de revenir bientôt, l'assu-

rance d'un dévoûment sans bornes, et pour
prétexte de la quitter si brusquement, une affaire d'honneur ; au Prince des témoignages
de reconnaissance et de respect et des offres
de service en France ; mais pas un mot, pas
un mot pour celle qui l'occupait le plus, pas
un mot pour Angéla.

— Pauvre enfant! disait-il en tenant sa tête
dans ses mains. Que dira-t-elle? que pensera-
t-elle? Belle jeune fille! qu'elle était ravissante
couchée sur mon cœur, ses beaux yeux célestes
fixés sur les miens ! que sa voix avait de charme
et de puissance, quand elle me disait : « J'existe
» en toi. Tiens! si ton cœur ne battait plus, le
» mien s'arrêterait; si mes yeux ne te voyaient
» plus, ils s'éteindraient ; si mes lèvres ne tou-
» chaient plus les tiennes, elles deviendraient
» froides et glacées. Approche, approche en-
» core..., me disait-elle avec sa voix d'ange,
» mets ta main sur mon front pour le rafraî-
» chir, sur mon cœur pour le calmer. » Pauvre

enfant ! elle se livrait à moi, comme une douce colombe à l'oiseleur. Que dira-t-elle quand ses yeux me chercheront en vain ? mais elle est trop enfant pour penser long-temps à celui qu'elle aime ; d'ailleurs cet amour n'était que dans son cœur : il n'avait pas encore brûlé tout son être. Peut-être si je fusse arrivé près d'elle ce soir !.... Le ciel l'a sauvée : tant mieux !.... Oh ! oui, c'est le ciel qui l'a sauvée. Sans doute cette femme ne tient à l'humanité que par la forme. Ce qui lui est arrivé avec moi est un prodige : Julien de Bristanne se trouver avec une femme délicieuse, des mois entiers, bien seul, bien amoureux et bien aimé ! sans qu'il arrive ce qu'on appelle vulgairement un malheur ! C'est sublime !.. sublime, dirait-on dans le monde, où l'on déifie l'absurde. Mais enfin, que ce soit beau ou non, je ne suis pas fâché de l'avoir respectée.

Quant à la Comtesse, c'est une de ces femmes supérieures, qui sont souvent enchantées

que le hasard les sauve d'une folie : elles
font servir la circonstance au profit de leur
vertu, et trouvent dans l'abandon de l'homme
qui les dédaigne, une preuve d'amour et de
respect; ainsi, je puis quitter Héléna sans remords et sans regret. A demain donc, au jour,
mon départ.

Qu'est-ce? dit-il, à l'Italien qui entrait.

— Des lettres de Paris, Signor.

— Des lettres de Paris, dit Julien, le cœur
ému.

—— Ciel! s'écria-t-il, après avoir parcouru
quelques lignes......

Mon portefeuille... ma bourse.... c'est tout
ce que je veux..... je meurs ici.....

Il part. Les cours, le parc, les grilles de la
Villa fuient derrière lui; il franchit les cam-
pagnes jusqu'à l'hôtel, où, il sait trouver la

poste. Le conducteur reçut l'ordre de crever les chevaux, de brûler les roues et les chemins, jusqu'à Paris. A Paris, où s'élançait son cœur, sa pensée, son existence.

———

CHAPITRE XI.

— Rendons-nous donc maintenant chez votre Angéla, mon cher oncle, je suis assez instruite, je vois en elle un ange, et je vais, moi, mondaine, essayer de dissiper les ténèbres qui sont venues assombrir le ciel qui couvre cette céleste créature. Mais, Monseigneur, êtes-vous bien sûr que les ordres de Votre Altesse aient été ponctuellement exécutés? que personne pendant votre absence, ne se soit introduit près d'Angéla?

—Les gens qui la gardent savent que la moindre imprudence les perdrait ; je les ai tous interrogés, ils m'ont juré, sur la madone et sur toutes les reliques que le peuple révère, que les portes ne s'étaient point ouvertes depuis qu'elles s'étaient refermées sur moi ; que personne n'avait pu pénétrer près de la *sainte fille* (c'est ainsi qu'ils la nomment) ; j'ai voulu, pour être plus sûr des gardiens d'Angéla, leur inspirer pour sa personne une sorte de crainte religieuse, une espèce de fanatisme qui les tînt dans une admiration continuelle.

— Je croyais Monseigneur, dit la Comtesse négligemment, que M. de Bristanne avait vu cette enfant.

—En effet, dit le Prince avec indifférence, le jour même de son arrivée, Angéla parut dans un salon voisin de celui où m'attendait cet étranger ; mais elle partit à l'instant. Il n'eut pas le temps de distinguer la couleur de ses yeux; et, ce dont je suis sûr, c'est qu'elle ne le vit pas.

—Alors, reprit la Comtesse, M. de Bristanne n'a pu faire aucune impression sur elle.

— Non, ma belle nièce, dit le Prince en souriant.

— Pourquoi souriez-vous, Monseigneur ?

— Rien ! rien, dit le Prince avec finesse et malice; non, cela ne me regarde pas... La Comtesse Héléna, d'ailleurs, est trop noble et trop maîtresse d'elle-même pour que tout cela ne soit pas une simple plaisanterie; mais, ce dont je veux l'assurer, c'est que M. de Bristanne n'a fait aucune impression sur Angéla.

— Tant mieux pour elle et pour Votre Altesse, mon oncle, c'est mon désir.... vous pouvez me conduire à l'instant près d'Angéla.

— Oui, ma nièce, venez, et rendez-moi la tranquillité et le bonheur.

— Le bonheur ! dit la Comtesse étonnée.

—Ma chère Héléna, vous ne comprenez pas

encore, à votre âge, le malheur de perdre au
mien une illusion; quand on n'a plus que des
souvenirs, et que ces souvenirs sont devenus des
tourments. Si vous saviez comme un cœur flétri
s'attache avec ardeur à ce qui peut le rafraî-
chir; comme une âme glacée par la vieillesse,
cherche à se vivifier près d'une âme chaleu-
reuse. La jeunesse porte en soi une sorte d'é-
lectricité qui attire la vieillesse vers le plaisir.
Près de la jeunesse, le vieillard rêve encore
toutes les joies qui l'ont quitté. Oui, Héléna,
quand les glaces de l'âge nous amènent la tristesse, les infirmités, les souffrances et les regrets, une illusion nouvelle qui vient s'offrir
à nous, est pour nous ce qu'est un mât brisé
pour le pauvre naufragé; on s'y attache, on
voudrait s'y fixer par des liens de fer, et si la
corde protectrice vient à se rompre, il faut se
laisser tomber dans l'abîme et renoncer à toute
espérance. Eh bien! cette fille de la nature que
mes soins avaient formée, Héléna, c'était ma

dernière illusion pour sentir encore; c'était un être à moi, à moi seul, un bel arbre que j'avais fait croître pour m'y abriter, un chef-d'œuvre perdu pour le monde et n'existant que pour moi; c'était l'oubli du passé et le désir d'un lendemain; c'était le moyen de reposer ma vie. Si vous saviez quelle grâce il y a dans son regard, comme on se sent meilleur quand elle l'a fixé sur vous; si vous saviez comme sa voix pénètre l'âme et dissipe les ennuis qui la dévorent, comme on oublie les méchants devant sa naïve douceur, comme elle porte avec elle, sans le savoir, de consolation et de bien-être! Mais, j'oublie que c'est de mon Angéla d'autrefois que je vous parle, et non de la jeune fille malheureuse que j'ai retrouvée. Ah! s'écriait le Prince en fureur, qui me l'a faite malheureuse?... Misère, misère et désespoir à celui!!...

— Allons, Monseigneur, reprend la Comtesse avec calme, espérons, espérons que cette enfant vous sera rendue telle que vous la désirez.

La Comtesse se leva, le Prince lui donna la main, et tous deux montèrent dans un brillant équipage qui les attendait.

Ils franchirent en quelques instants l'avenue magnifique qui séparait les deux habitations, et la voiture, après avoir roulé quelques instants sur un sable doré, s'arrêta devant un vestibule fermé par trois portes de fer. Les portes s'ouvrirent, un pont-levis se baissa pour laisser passer le Prince et la Comtesse, et les portes se refermèrent aussitôt derrière eux. Alors ils se trouvèrent sur la plus belle pelouse émaillée de fleurs. Autour du parterre s'élevaient çà et là des massifs gracieusement disposés, et, en pespective, on distinguait un élégant pavillon, que les anciens auraient pu consacrer à l'une de leurs divinités; on n'eût pas deviné, une fois au milieu de ce séjour ravissant, l'appareil militaire et les fossés moyen-âge que l'on avait à franchir pour y arriver.

— Voici, dit la Comtesse, la plus jolie prison qu'on ait imaginée jamais.

— C'est qu'elle recèle, dit le Prince, la plus jolie prisonnière qu'on ait pu renfermer.

— Ah ! Prince, répond la Comtesse, si votre Angéla avait autant de raison qu'elle a de beauté, il ne faudrait pas chercher long-temps le sujet de sa tristesse, il serait tout entier dans le mot que vous venez de prononcer : Enfermée ! Enfermée !... Et vous avez pu croire au bonheur d'un être sous des verroux ?... Mais, sans se rendre compte de ce qui lui manque, je parierais qu'Angéla sent son malheur.

— Ah ! dit le Prince avec effroi, j'ai regret, ma nièce, de vous avoir amenée ici, si votre esprit indépendant doit s'exhaler dans ce lieu.

— Non, non, soyez tranquille, Monseigneur, je saurai prendre, près de votre jeune captive, l'esprit de mon rôle. Je sais qu'en habile di-

plomate je ne dois pas vanter la liberté dans un
état où règne le despotisme ; mais je voudrais
déjà avoir quitté ces portes de fer, qui pèsent
sur l'air que je respire ici.

Le Prince laissa sa nièce dans un premier salon, et pénétra dans l'appartement où la jeune
fille passait ordinairement sa journée. Il la
trouva pensive et priant sur son rosaire. A la
vue du Prince, elle se leva. Il lui prit la main,
et la fit asseoir auprès de lui. Après un instant
de silence, le Prince, d'un accent paternel, lui
demanda la cause de sa tristesse. Angéla pâlit
et baissa les yeux.

— Vous ne voulez donc pas me dire, Angéla, ce qui a changé votre humeur ; je vous
ai laissée vive et gaie, je vous retrouve triste
et pensive. Les gens qui vous servent vous auraient-ils déplu, quelques-uns de vos désirs
n'auraient-ils pas été satisfaits ; parlez, Angéla, ordonnez, je veux que ma fille soit heureuse !

— Votre fille, Monseigneur ! hélas ! la pauvre Angéla n'a point de père, n'a pas de mère, vous l'avez recueillie par charité.

— Qui vous a dit cela, Angéla ?

Elle réfléchit.

— Quelqu'un, dit-elle.

— Qui a osé, sans mes ordres, vous révéler ce secret ? dit le Prince avec colère.

Angéla devint tremblante.

— Je ne sais plus, dit-elle, qui m'a parlé de cela ; je me trompe peut-être, mais, Monseigneur, vous n'en êtes pas moins mon bienfaiteur ; car vous m'avez servi de père et de mère. Une mère, oh ! que ce nom est doux à prononcer, dit-elle en soupirant, et qu'il y a de tristesse à ne pouvoir le donner à personne.

— Angéla, je le vois, une pensée vous tourmente, je ne veux plus chercher à la connaître ; mais je veux que vous consentiez à vous distraire, et j'amène près de vous, pour

cela, une personne qui jettera dans votre âme
du bonheur, peut-être.

— Une personne étrangère à cette maison,
dit la jeune fille émue d'une tendre joie.

— Oui, Angéla, dit le Prince en sortant,
je vais vous la chercher.

Oh ! si c'était lui, se disait Angéla, si c'était
lui que je vais revoir !...

La porte s'ouvre, le Prince paraît avec la
Comtesse. Angéla va pour courir à eux....

— Une femme !... dit-elle d'une voix étouffée, ce n'est pas lui !...

Elle s'arrête, une pâleur subite glace ses
traits ; debout et fixée au sol, elle semblait
une statue d'albâtre qu'un souffle divin est
près d'animer. Ainsi sa beauté était incompa-
rable aux beautés mondaines ; le secret renfermé dans son cœur donnait à son maintien
une mystérieuse pudeur qui l'embellissait plus
encore que l'insouciance qu'elle avait perdue.
Jamais Angéla n'avait paru sous un aspect

plus ravissant. La Comtesse resta devant elle
saisie d'une sorte d'admiration.

— Voici la Comtesse Héléna, dit le Prince,
en présentant sa nièce à Angéla ; elle désire
depuis long-temps vous voir, et vous connaît
déjà par tout le bien que je lui ai dit de vous.
Acceptez-la pour amie, confiez-vous à elle,
laissez la lire dans votre cœur, elle y portera
des consolations.

Oubliez, Angéla, continua le Prince, que
j'ai désiré vous voir vivre dans la retraite,
pensez que j'ai voulu surtout votre bonheur,
afin d'être aimé de vous comme un père peut
l'être de son enfant.

Angéla, s'inclina sur la main du vieillard
pour y déposer un baiser et des larmes.

— Répandez-les dans le cœur d'Héléna,
dit le Prince, et que bientôt elles soient tar-
ries. La présence d'un vieillard gênerait votre
entretien, seules vous devez bientôt vous entendre et vous aimer, j'en suis sûr. Adieu.

Il se leva. La Comtesse et la jeune fille le saluèrent, et toutes deux furent bientôt seules ensemble.

La Comtesse fit asseoir Angéla sur l'otomanne où elle était placée elle-même ; elle lui prit la main ; leurs mains étaient brûlantes, elle écoutait les battements du cœur de la jeune fille, ils répondaient aux battements du sien ; elles étaient toutes deux émues, toutes deux tremblaient du même frisson ; la Comtesse découvrit dans les yeux d'Angéla la langueur qui était dans ses yeux ; elle remarquait sur son front l'empreinte d'une pensée douloureuse, qui pesait aussi sur le sien. Angéla tout entière lui révélait ses propres tourments. Elle interrogeait toutes ces nuances délicates que les femmes aperçoivent aussi facilement chez les autres, qu'elles mettent de soin à les cacher pour elles-mêmes ; et, après quelques instants d'un examen scrupuleux, elle ne douta pas de trouver l'amour au fond du cœur d'Angéla.

— Oh ! oui, dit-elle, ces cheveux qui tombent sans art sur ces épaules nues, cette robe attachée au hasard, cette harpe abandonnée, ces fleurs jetées de toute part, le prie-dieu fatigué par la prière, cette bible trempée de larmes, oui tout cela c'est de l'amour, c'est de l'amour malheureux.... ; mais pourquoi Héléna tremble-t-elle à l'idée de découvrir le secret de cette enfant ; que peut avoir d'intéressant ou de dangereux pour elle la vérité ou le mensonge que renferme son cœur : n'a-t-elle pas bien souvent reçu la confidence d'une faiblesse ; ses conseils ont calmé plus d'un cœur ; oui, mais alors elle n'aimait pas elle-même ; elle traitait de folie ce qu'elle a accepté depuis, malgré sa raison ; ira-t-elle dire du mal de l'amour quand elle le préfère à tout ? ira-t-elle affirmer que la vertu fait le bonheur, quand sa douleur c'est d'y croire encore ? oh ! non, elle ne peut plus soutenir les autres, quand elle est près de tomber elle-même. Cependant ici elle devait

lire malgré elle, peut-être, dans ce cœur malheureux, elle avait promis d'interroger et de
s'instruire; elle se décida donc à adresser la
parole à la jeune fille.

Il s'établit vite une harmonie intime entre
deux personnes qu'une même pensée pré-
occupe; aussi Angéla depuis un instant était
moins pâle et moins tremblante; d'ailleurs, la
Comtesse, quoiqu'imposante par la noblesse de
ses traits, avait, on le sait, un charme indé-
finissable dans le regard et le sourire; elle allait
au cœur par ces deux puissances qu'on dirait
quelquefois, n'être qu'un reflet de l'âme dans
un miroir.

Ce sourire charmant invitait Angéla à y répondre; leurs mains qui ne s'étaient pas quittées
se serrèrent tendrement; Héléna, émue par
l'attrait presque divin que la belle jeune fille
répandait autour d'elle, la prit dans ses bras,
la pressa sur son cœur, des soupirs s'échappèrent de sa poitrine, des larmes coulèrent de

ses yeux; oh! dit-elle, que n'es-tu ma fille, je n'aurais aimé que toi!.....

— Oh! répond Angéla, que n'êtes vous ma mère, je n'adorerais que vous et mon Dieu!...

— Plus de doute dit la Comtesse, l'amour a trouvé ici une victime; ici, malgré ces portes de fer, ces verroux, ces fossés, ces murailles ces gardiens, malgré tout pour garantir cette belle enfant, l'amour est venu se fixer près d'elle : il a pénétré son cœur angélique, il y a versé son cruel poison!!...

— Vous souffrez, mon enfant, dit la Comtesse avec une voix douce et vibrante?

— Oh! oui, dit Angéla, en pleurant sur le sein d'Héléna.

— Pleure, pleure, dit-elle, et confie-moi tes douleurs?

— Oh! Madame, depuis que vous m'avez appelée votre fille, la fièvre qui me brûlait m'agite moins péniblement ; elle s'est adoucie dans les larmes que vous avez répandues sur

moi ; oh ! serait-il possible, Madame, je vous ai
fait pleurer, moi! oh ! que je m'en veux, cela
fait tant de mal de pleurer ! il n'y a pas long-
temps que je pleure, et cela me tue ; j'ignorais,
moi, qu'on pût souffrir ; jamais la douleur
n'avait effleuré mon âme, jamais de larmes
n'étaient tombées de mes yeux; mais combien
j'en ai versé !

— Depuis quand?... dit la Comtesse.

— Oh! je ne sais : il y a bien long-temps;
le jour a fini bien des fois, le soleil s'est levé
bien souvent ; j'ai entendu sonner toutes les
heures ; mais je ne les ai point comptées : il
n'y en avait qu'une que je connaissais, celle-
là toute seule m'intéressait, et je l'attendais
avec impatience et joie; oh! comme elle me
semblait lente à venir !... Comme je demandais avec ferveur, au pied de la Madone
cette heure désirée, et le bonheur qui me
faisait vivre après elle ; comme j'élevais mon

âme vers le ciel, et comme je le remerciais de me l'avoir accordée !

— Mais de quel bonheur parlez-vous, ma fille? dit la Comtesse.

— Du bonheur qui venait à moi vers cette heure fortunée.

— Sous quels traits vous apparaissait-il?

— Sous les traits d'un homme.

— D'un homme!....

— Ah! plutôt un Dieu!

— Oui, mais un Dieu sous des formes humaines..... j'entends.

— Oui; un homme jeune et beau, dit Angéla, avec simplicité.

— Son nom, demanda la Comtesse émue.

— Son nom? Je ne le sais pas.

— Comment a-t-il pénétré jusqu'à vous?

— Oh! j'ai eu grand peur. C'était le soir, dans ma chapelle; je priais, il parut : il se mit à mes genoux. Sa douce voix pénétra mon cœur : il me prit dans ses bras, déposa sur

mes lèvres un baiser. Oh ! depuis cet instant
un feu céleste brûla mon cœur : une existence
inconnue s'est emparée de moi ; je ne respi-
rais plus que pour cet être que le ciel m'avait
envoyé ; j'aurais voulu m'attacher à ses pas ,
être son âme comme il était la mienne ; mais
avant le lever du soleil il me quittait et ne revenait que la nuit.

— Quel mystère ! pensa Héléna.

— Hélas ! les nuits s'écoulent, et j'attends
en vain dans ma chapelle ; je prie en vain les
saints qui la décorent, la Vierge même ne
reçoit plus mes prières ; et moins confiante
en moi-même, je n'ose plus les élever à Dieu,
il me semble qu'il les repousserait. Il me
semble encore avoir commis une faute dont je
n'ai pas assez la conscience pour m'en repen-
tir ; mais, pour la première fois, je rougis
aux pieds de la croix, et j'ai honte du bonheur
que j'ai goûté ; mais d'autrefois, aussi, je
donnerais ma vie sur cette terre, et mon éter-

nité dans l'autre vie, pour un instant, un instant de ce bonheur que je regrette. Oh! oui, oui, je donnerais mille existences pour être encore près de lui, pour fixer mes yeux sur les siens, pour entendre sa voix me dire : « Je » t'adore! » pour recevoir ses baisers qui me plaçaient dans les cieux. Oh oui! un seul instant de mon bonheur, et je consens à mourir.

A mourir! pensa la Comtesse. La mort est donc toujours la pensée qui accompagne ce cruel sentiment : mourir si l'amour est malheureux! mourir si l'on doit le perdre! mourir pour le conserver un instant de plus! et toujours mourir. Oh! folie! Oh mensonge!...

— Eh pourquoi, dit la Comtesse, cet homme ne vient-il plus près de vous ?

— Hélas! la mort seule a pu le séparer de moi, dit Angéla.....

Les flots l'auront englouti....

— Les flots, dit la Comtesse. Cet homme n'habitait donc pas votre palais.

— Oh! Madame, dit la jeune fille, avec dignité, il n'y a ici que des esclaves.

— Et cet homme pénétrait ici malgré eux.

— Oui, par une voie secrète qui touche à la mer.

— A la mer?

Comment avait-il découvert cette voie?

— Je ne l'ai jamais su : le ciel avait fait tomber devant lui la porte de fer qui la ferme.

— Le ciel! dites plutôt l'enfer, Angéla. Cet homme voulait vous perdre.

— Me perdre! et comment? dit Angéla ingénuement.

— En brûlant votre cœur; en abusant de votre candeur, en flétrissant votre innocence, en s'emparant de vos charmes, en vous donnant d'horribles remords, en vous abandonnant, enfin.

— Oh! c'est impossible : il me comblait de joie et de bonheur ; il devait m'aimer ou mourir.... Il est mort, Madame, il est mort, je le sens; car je ne vis plus moi-même. Mort, mort dans les flots qui me l'ont apporté tant de fois. Si vous saviez comme sa barque glissait légère sur l'onde ; comme je tremblais quand le vent s'élevait avec violence. Si vous saviez ce que je souffrais, jusqu'à ce que l'ouragan se fût apaisé : mais si vous saviez, surtout, l'émotion qui passait dans tout mon être quand, l'oreille fixée près l'entrée de la voûte, j'entendais ses pas s'approcher. Tout est fini pour moi, depuis que je ne les entends plus.

— Vous allez donc l'attendre tous les soirs dans votre chapelle ?

— Oh ! oui, j'irai jusqu'à mon dernier soupir ; je veux expirer de douleur sur cette pierre où je lui donnai mon âme et ma vie.

— Angéla, votre douleur vous égare et vous

rend coupable d'ingratitude : vous voulez mourir, et vous ne songez pas à ce vieillard qui vous appelle sa fille, qui vous a comblée de biens et dont vous êtes la seule joie ; mourir ! mais, vous ne savez donc pas que votre mort le frapperait au cœur, qu'il en mourrait, mais, qu'avant de mourir il se vengerait sur celui qui a été votre bourreau; malheur à lui s'il existait après vous avoir tuée, il périrait, Angéla, et périrait dans d'horribles tortures; ah ! calmez, calmez, au nom même de cet homme qui a séduit votre cœur, calmez votre chagrin, revenez à la raison, aidez-moi à vous consoler, s'il est perdu pour vous, ou à le retrouver s'il vit encore ?

— A le retrouver ! dit la jeune fille, qu'un rayon d'espérance ranima tout-à-coup; le retrouver ! oh! repétez, repétez ce mot, serait-il possible! vous, vous, ange du ciel, vous pourriez me redonner la vie ? me sortir du tombeau! oh! oui, oui, je veux vivre, puisque vous me

protégerez , puisque le bonheur n'est pas fini
pour moi, peut-être ; oh ! des tortures pour
lui, dites-vous , des torturés si je mourais ; je
vivrai, je vivrai madame, je vous en fais ser-
ment, je vivrai pour vous bénir, pour l'adorer
ou le pleurer toute ma vie....

— Oui, dit Héléna, oui, je vous protégerai ;
mais, promettez-moi d'être docile à mes conseils ?

— Ordonnez, madame, je me soumets à
vos volontés.

— Préparez-vous à quitter votre retraite
demain ?

— Et s'il y revenait !..

— S'il y revenait.... nous serions averties.

— Ah ! vous ne me trompez pas, dit Angéla
avec une douceur d'ange....

La Comtesse lui répondit par un doux
baiser.

—Avant de nous quitter, dit-elle, il faut nous
promettre le secret sur tout ce que nous venons

de dire, vous m'avez donné votre confiance, je
vous prouverai que j'en suis digne, et je vous
promets de travailler à votre bonheur : adieu,
prenez du repos, demain je viendrai vous
prendre, et nous commencerons nos recherches; adieu, ma belle enfant, dit-elle, en l'em-
brassant encore, comptez sur mes soins et ma
tendresse.

Elles se séparèrent charmées l'une de l'autre.

Voilà une petite fille, dit la Comtesse, en se
jetant dans sa voiture, qui, au fond de sa retraite, fait un roman qu'envierait une femme
du monde; un homme, qui franchit les mers
et les souterrains pour venir près d'elle, une
heure chaque nuit; un homme qui l'adore à
genoux, qui doit mourir s'il est séparé de son
idole; en vérité, à quoi servent l'esprit, les
talents, la naissance, la noblesse, la fortune,
si un enfant trouvé, une niaise de seize ans,
qui n'a rien vu, qui ne sait rien, qui ne possède rien, peut inspirer des folies et imposer

des sacrifices ; oh ! que j'avais raison de mépriser l'amour !....

Au milieu de ces réflexions la voiture
s'arrête, Héléna trouve à sa portière le Prince
pour lui donner la main.

— Eh ! bien, lui dit-il, à voix basse, êtes-
vous contente ?

— Je suis ravie, dit-elle, votre Angéla dans
quinze jours sera plus gaie que moi.

— Est-il possible ?

— Eh ! oui, les hommes ne comprennent
rien aux caprices des femmes. Vous avez cru
à des larmes, parce que l'on pleurait ; à de la
tristesse, parce qu'on était sérieuse ; à des
malheurs, parce qu'on parlait de mort. Eh !
bon dieu, mon oncle, vous, si fin à deviner le
secret des cours, ne savez-vous pas qu'on n'est
jamais plus près de manquer de soldats que le
jour où l'on parle de guerre, et qu'on fait mine
d'être pacifique, avec des arsenaux redoutables.
Eh bien ! les femmes et les ambassadeurs se

ressemblent en un point, que les uns et les autres ne laissent pas plus lire dans leurs pensées; ceux qui le désirent davantage. Je n'ai eu
besoin que d'un instant pour deviner Angéla,
et je vous garantis sa gaieté et sa vie si vous con-
sentez toutefois à la rendre heureuse.

— Heureuse, s'écrie le Prince; mais, c'est
tout ce que je veux; il faut qu'elle n'ait rien
à désirer, et que ses désirs soient des lois.

— Prononcez donc, mon cher oncle, et ac-
cordez tout de suite, car il y a long-temps
qu'Angéla souhaite ce que pour elle je vous
demande aujourd'hui.

— Parlez, Héléna, que souhaite-t-elle?

— Ce qu'elle devait souhaiter depuis qu'elle
est vivante, la liberté!...

— La liberté! dit le Prince effrayé.

— Eh! oui, Monseigneur, il faut à cette jeune
fille votre présence, la mienne, le contact du
monde, les affections qu'on y trouve, les va-
riétés qu'on y observe; il lui faut ce que nous

avons vous et moi, en un mot, le spectacle des hommes, et non une prison pour palais, des esclaves pour société, et des saints de pierre pour distraction.

— Oh ! jen étais sûr, dit le Prince, vous m'avez perdu mon ange !

— Votre ange s'est perdue sans moi, Monseigneur, si toutefois on est perdu pour sentir selon les lois de la nature. Cédez à mes désirs, mon oncle, et vous n'aurez rien à regretter. Angéla vous voyant davantage, vous aimera plus tendrement; elle sentira mieux vos bienfaits, en observant dans le monde ceux qui n'en répandent pas. Faites-vous un enfant éclairé de cette jeune fille, elle vous aimera avec discernement et non par habitude, vous aurez une amie au lieu d'une esclave.

— Le monde la flétrira.

— Moins que l'isolement.

— Elle y connaîtra les chagrins.

— Moins que sous les chaînes.

— Elle sera séduite, dans le monde...

— Elle mourra dans la retraite.

— Mais, qu'avez-vous donc lu dans son cœur ?

— Tout ce qu'il faut pour motiver mes désirs. Cependant, Monseigneur, après tout, Angéla est votre propriété ; vous vous l'êtes donnée de par la loi de la bienfaisance ; elle est pour ainsi dire votre serf. Condamnez-la à mort si vous voulez ; vous en êtes le maître, et n'en parlons plus.

—Allons, allons, ne vous fâchez pas, la plus vive des Comtesses, la plus impérieuse des femmes d'Italie, ne vous fâchez pas ; demain baissons le pont et ouvrons les portes à cette belle prisonnière : transposons cette plante suave dans nos jardins de feu, brûlons sa corolle, fanons sa tige verte, et soyez satisfaite.

— Moi, dit la Comtesse ; mais, Monseigneur, c'est pour vous seul que je vous donne ce conseil ; c'est qu'il vaut mieux conserver votre

plante dans une autre terre, que de la laisser
mourir où vous l'avez placée ; car je suis con-
vaincue que, si vous la laissez végéter où elle
est, elle ira bientôt rejoindre sa mère.

— Sa mère!... dit le Prince, oui, on l'a dé-
posée dans l'un des caveaux de la villa... mais,
qui vous a dit cela, Comtesse?

— M. de Bristanne, qui l'a su de vous, je
pense.

— Ah! M. de Bristanne, c'est possible. A
propos, j'ai reçu ce matin une lettre de lui.

— Une lettre de M. de Bristanne?

— Rien n'est étonnant d'écrire aux gens
quand on ne peut leur parler, et il lui était
impossible de se faire entendre de la distance
où il se trouvait, ce matin, de la villa.

— A quelle distance était-il donc?

— Mais, à vingt milles, peut-être.

— Que dites-vous?

— Vous ignorez son départ, ma nièce?

— Son départ?

— Eh bien ! n'était-il pas naturel qu'il partît,
puisqu'il était venu ?

— Quand est-il parti ? où est-il allé ? quand
reviendra-t-il? dit la Comtesse, avec une agitation qu'elle s'efforçait en vain de cacher.

— Il est allé en France, ma nièce ; il est parti
cette nuit et n'a pas parlé de retour. « Une affaire
» d'honneur, me dit-il, oblige ce départ préci-
» pité.» Sa lettre est respectueuse et convenable :
vous pouvez la lire, dit-il à la Comtesse en lui
donnant la lettre de Julien. — Ce jeune homme
est charmant, continua le Prince; il a été l'un
des plus agréables voyageurs que nous ayons
reçus depuis long-temps. Il n'est pas, du
moins, celui-là, sottement en extase devant
tous les produits de notre pays; il voit de la terre dans les montagnes ; la mer est de l'eau; le
ciel est bleu comme ailleurs; nos cascades, nos
jardins ressemblent à tous les jardins et à
toutes les cascades ; il trouve des fautes de des-
sin dans nos peintres et nos sculpteurs ; sans

nier le talent d'un ancien, il n'en est pas moins
charmé des modernes ; et, s'il s'exalte, c'est
devant un vrai chef-d'œuvre, dont il sait découvrir et expliquer les beautés.

Ce jeune Français m'a laissé de l'estime
pour son esprit et sa personne. Je n'étais fâché que d'une chose, c'est qu'il vous fît la
cour. Mais aussi, Héléna, vous êtes si sédui-
sante ; votre esprit cultivé, votre supériorité
jointe à un grain de coquetterie, que le plus
fin prendrait pour de la simplicité ; votre beauté
sévère et gracieuse à-la-fois ; cette raison, surtout, qui semble vous mettre à l'abri de toutes
les séductions : tout cela est bien fait pour
tourner la tête, et vous n'avez pas manqué
une fois dans votre vie à votre destinée, qui est
de plaire. Les hommes de tout âge vous rendent des soins ; partout où vous passez vous
avez une cour d'adorateurs. A Paris vous avez
dû faire bien des malheureux... Savez-vous,
Héléna, que votre insensibilité est presque un

crime; car, entre nous, je ne crois qu'à la
vertu des femmes qui ne sentent rien. Mais je
suis effrayé quand je pense que vous pouvez
sentir un jour, alors!...

Il se baissa pour ramasser la lettre de Julien que la Comtesse avait laissé tomber, et
la voyant absorbée dans ses pensées, il sortit
sans chercher à les connaître.

—Il est parti, dit-elle, parti!... Il m'a quit-
tée après avoir lu dans mon cœur. Oh! le froid
de la mort me glacerait moins que ce départ:
il ne m'aimait donc pas, lui!... — Il se jouait
donc de moi : il me méprisait donc!... — Misérable!....

Une colère concentrée refoulait son sang
vers sa poitrine; ses joues brûlantes se colo-
rèrent d'une expression énergique; elle crut
ressaisir, dans cet instant fatal, toute la force
de son caractère : elle rougit d'avoir laissé son
cœur battre une fois et, de toute la hauteur de
sa dignité, elle voua à cet homme, qui l'avait

fait descendre de sa propre estime ; elle lui voua, avec une rage d'Italienne, sa haine et son mépris.

Elle se leva, et sortit, en jetant autour d'elle des regards dédaigneux qui semblaient dire : Personne n'est digne de moi.

———

CHAPITRE XII.

— Oui, mon bon Julien, en vain je leur ai dit que cet écrit n'était qu'une plaisanterie, ils n'ont pas voulu me croire, et se sont emparés de tout ce que je possédais, ils ont vendu tout chez moi, ils m'ont dépouillée de tout; ta pauvre Augustine, ta pauvre sœur a été bien malheureuse, a bien pleuré! mais ils me consolaient, les misérables, quand ils me disaient

que si tu étais en France ils te prendraient et
te jeteraient en prison : en prison pour des
années, disaient-ils, et qu'alors je pourrais
peut-être garder mes meubles, mon argent...
mon argent! et voir mon frère, mon seul ami,
mon Julien dans les fers et moi tranquille et
heureuse! prenez, prenez tout, leur disais-je,
et laissez-lui la liberté; si je t'avais rappelé
dans ces moments de douleur, tu serais revenu
mon ami, tu serais revenu pour sauver ta
sœur et te perdre; mais, je n'avais garde de
t'envoyer tous ces papiers qui me causaient
tant de maux; les amis sont venus bien souvent
me voir dans ces moments de malheur; ils te
plaignaient de t'être ruiné; il y en a qui en
pleuraient : aussi, disait l'un, il était si généreux! ah! disait l'autre, il a payé quatre fois
mes dettes; il payait pour tout le monde, disait
un troisième... M. Henri, pourtant n'est pas
venu me voir; celui-là, plus raisonnable que
les autres m'aurait peut-être donné de bons

conseils.... les autres m'amenaient un tas de
gens qui, plus il me rendaient de services
plus me laissaient embarrassée; enfin, je
fis venir cet homme dans lequel tu semblais
mettre ta confiance; ce vilain homme dont
j'avais si peur! en quelques jours tout fut
terminé; il me fit de l'argent comptant avec
des rentes que j'avais; paya partout pour toi,
et quand je fus bien sûre que tu n'avais plus
rien à craindre, je t'ai écrit de revenir..... et
te voilà... oh! j'ai tout oublié, je ne pense plus
qu'au bonheur de te voir, mon frère, mon
ami !.... T'es-tu bien amusé en Italie?....

— Ah! ma bonne sœur, mon Augustine,
ange de vertu et de dévouement.... mon Dieu!
sui-je assez misérable !.... j'ai causé ta ruine,
ton malheur... tiens ! vois-tu, il s'en faut d'un
rien que je ne me punisse en me faisant sauter
la cervelle.

—Oh! démentez cette parole...Julien, vas-tu

donc me donner de l'effroi, maintenant que je n'ai plus peur de rien?

— Mais tu es ruinée ma sœur?

— Et bien que veux-tu que j'y fasse.

— Ruinée par moi!

— Vaudrait-il mieux que je le fusse par un autre?

— Ces meubles auxquels tu tenais tant, ces bijoux que notre mère t'avait laissés, tout cela perdu.

— Son portrait me reste, tiens le voilà, je l'avais caché.

— Cette chambre si modeste, auprès de ton joli appartement.

— Tu vois qu'elle est bien propre, et avec du travail on peut se relever de ses malheurs; d'ailleurs il me reste encore quinze cents livres de rentes, à la campagne c'est une fortune. Mais parlons de toi, mon bon Julien : en Italie, tu as vu de bien belles choses, n'est-ce pas, toutes les villes principales, tous les musées, tous les monuments, tu feras les émotions et nous les vendrons... on dit que c'est la mode;

— Je pourrais faire, aussi bien que d'autres, des chapitres plus ou moins mensongers sur mes émotions de voyage; mais je serais pour l'instant un fort mince narrateur.

— Oh! je conçois, à ce moment; mais plus tard, ces beaux tableaux de la nature et des arts t'inspireront; tu écriras sur tout cela des choses superbes, j'en suis sûre; tu sais l'Italien sans doute?

— Pas un mot, on parle français partout.

— Et la musique! toi qui passais ta vie à l'Opéra, tu as dû être ravi?

— Ravi, on ne sait chanter qu'à Paris.

— Ah! du moins tu vas me parler du Vésuve?

— Je l'ai vu de loin, c'est une montagne un peu plus haute que Montmartre.

— Et la vue de la mer t'a-t-elle laissé des souvenirs ?

— La mer ! oh ! oui, oui, la mer c'est autre chose, je m'en souviendrai long-tems.

— Mon Dieu ! aurais-tu fait naufrage ?

— Non, mais j'ai bien manqué faire chavirer quelqu'un.

— Tu es si étourdi ?

— Je veux devenir raisonnable, mon Augustine, pour te ressembler, pour m'estimer autant que je t'honore, et pour réparer les malheurs que je t'ai causés ; d'abord, je vais aller chez les misérables qui t'ont ruinée, et leur donner à chacun une roulée de coups de canne ; puis, cet infâme qui m'a laissé ignorer toutes les horreurs qu'on te faisait, va devenir la proie de la justice et des galères. Sans doute, je trouverai sur mon chemin cinq ou six de mes meilleurs amis, avec lesquels j'ai des comptes à régler, et s'ils ne veulent pas me rendre ce que je leur ai prêté, comme il

me sera prouvé par-là que ce sont des filoux ;
par honneur pour leurs familles et la morale
dont je me fais, de ce jour, le prosélite, je leur
enverrai une balle dans la tête... voilà par
quelles actions je vais commencer ma régénération.

— Voilà une régénération qui nous coûtera
vingt procès ?

— Ce n'est pas trop de payer un avocat
pour devenir un sage ; ouvre-moi d'abord tes
archives chicannières, afin que j'y cherche la
marche de ma conduite.

Il parcourut ces infâmes papiers, et vit que
le misérable qui servait ses vices et ses folies,
avait épuisé tous les ressorts de la ruse pour
s'emparer des valeurs que le malheureux Julien
avait laissées entre les mains d'Augustine ; il vit,
parmi les preuves de sa ruine et de celle de sa
pauvre sœur, le billet de quarante mille francs
qu'elle avait fait en riant à son frère, et qui était
resté dans le pupître de celui-ci auprès d'un bil-

let doux et d'une prise de corps. Ce faux effet
était surchargé de faux noms, cette pièce suffisait pour perdre l'infâme qui en avait abusé...
Julien s'en saisit avec joie et courut chez un
homme de loi pour se faire rendre justice. Mais
des lettres de Julien écrites à cet homme prou-
vaient l'intimité qui existait entr'eux ; on y
voyait, qu'au moment de la transaction de
l'effet de quarante mille francs, M. de Bristanne
écrivait d'Italie à cet homme qu'il lui fallait
de l'argent à tout prix ; on savait que cet homme
était parti pour l'Italie avec les quarante mille
francs, pour les remettre, avait-il dit, à M. de
Bristanne ; il était évident que le misérable
avait disparu avec l'argent ; mais, il l'était
aussi qu'il avait été le confident de Julien, et
que celui-ci devait craindre surtout, de rendre
publique une affaire qui associerait son nom
avec un nom flétri devant les tribunaux.

— Entre nous, dit l'avocat à Julien, vous
avez eu une jeunesse orageuse ; avant votre

départ pour l'Italie, les maisons de jeu n'é-taient pas fermées, la police recueillait tous les noms inscrits dans ces repaires du mal-heur et de l'infamie. Vous ne pouvez ignorer que le vôtre n'ait été souvent placé près de celui de ce misérable. Je sais que le vice l'y conduisait ; que vous, vous n'y alliez que par désœuvrement, et entraîné par des étourdis comme vous, pour tuer quelques heures de trop entre la dernière pirouette d'une danseuse et le premier toast d'un souper ; mais enfin, vous y étiez ; il faut, au lieu de réveiller le souvenir de ce tort, le laisser dans l'oubli où peut-être il est tombé depuis votre absence.

— Mais, monsieur, c'est la fortune de ma sœur, dit Julien, qui a été volée.

— Votre réputation est un trésor pour elle bien au-dessus de l'or qu'elle a perdu. J'en suis certain.

Julien reprit ses paperasses qu'il avait éta-lées devant l'homme de loi, et sortit furieux contre la prudence qui l'empêchait de se faire rendre justice.

Il traversait le boulevard du Temple : il voit un cabriolet s'arrêter, et le conducteur s'écrier : C'est M. Julien de Bristanne ! Ah ! quel bonheur ! le voilà revenu !

L'homme était à terre, le cabriolet ouvert. Julien monta.

— Bonjour, mon brave Joseph, dit-il, tu as bien fait de me reconnaître ; je ne te voyais pas.

— Vous reconnaître ! mon maître ! Est-ce que Joseph pourrait vous oublier ? Voyez ma jument, comme elle est grasse depuis que vous ne la faites plus travailler. Vos amis seront joliment contents de vous voir. Enfin, vous voilà : nous allons galopper ensemble. Je suis tout joyeux de vous voir. Et ce bras va-t-il bien ?

— Très-bien, mon ami.

— Je vous trouve tout soucieux.

— Tu crois ?... Ah ! çà, où me mènes-tu donc ?

— Au café Anglais ; n'est-ce pas l'heure de

votre déjeuner? Il est deux heures, je crois.
Tiens! voilà M. Eugène qui entre avec M. Al-
phonse, et puis, derrière eux, le petit baron
et M. Jules. Je ne vois plus M. Henri ni ce par-
ticulier qui avait si mauvaise mine. Oh! que je
le haïssais! c'était ma bête, quoi! je ne pouvais me décider à le mener dans ma voiture.
Bien souvent, malgré vos ordres, je donnais sa
pratique à un confrère... Prenez garde, monsieur Julien : mon marche-pied est tout neuf,
vous pourrez glisser, si vous êtes vif comme
autrefois. Mais je ne sais pas, vous avez l'air
tout raisonnable.

— Tiens, dit Julien en lui donnant 2 francs
pour sa course.

— Vous me payez! c'est fini, dit-il; c'est
devenu une mauvaise pratique.

Julien, sans savoir pourquoi, entra à son
ancien restaurant. Ce fut à sa vue un tonnerre
d'exclamations de joie. Toute la cohorte se
leva, l'entoura, l'embrassa, le regarda de la

tête aux pieds. Une table fut renversée avec tout ce qu'elle contenait. Cela fit du bruit : tant mieux!

Ils montèrent dans le petit salon favori, en entraînant Julien. On le plaça au milieu de la table, pour mieux le voir et l'entendre. Le vin de Champagne arriva, les gibiers, les truffes, les mets les plus délicats, couvrirent en un instant le couvert ; puis arrivèrent les questions qui tombaient comme la grêle de toutes les bouches, parmi les félicitations sur ce qu'on ne savait pas et sur ce qui devait être.

— Est-il heureux! disait l'un ; je suis sûr qu'il a eu pour maîtresses les plus belles femmes de l'Italie. Les Napolitaines sont ravissantes, n'est-ce pas, Julien ? Les Romaines sont bien plus nobles; les femmes de Florence sont plus spirituelles. Oui, mais les Vénitiennes, comme elles sont passionnées et mélancoliques! Ah! Julien, comment as-tu pu quitter ce pays de l'amour et des passions ?

—Tu nous raconteras toutes tes aventures,
n'est-ce pas? Tu nous montreras les portraits
que tu as rapportés, les tresses de beaux cheveux qu'on t'a données, puis tes tribulations,
enfin ton voyage avec ses incidents, ses varié-
tés, ses *émotions!* Ce mot dit tout : émotions!
émotions! Mon cher, on ne fait plus rien sans
ce mot-là.

Le repas fut d'une gaîté folle. On parlait
tous à la fois. Quand on eut bien bu, bien
mangé, on disposa de la journée ; c'était toujours même train, mêmes habitudes. Cette fois
Julien refusa de se mêler aux plaisirs de ses
amis. Grande rumeur, grande réclamation! mais
impossible,.... il prétexta sa fatigue ; et se dé-
barassa d'eux, quoi qu'avec peine, sans leur
rien dire de ce qu'il ne voulait confier qu'à
quelques-uns. Il remit au lendemain le soin
de voir ceux qui étaient le plus dignes de recevoir sa confidence.

En effet, le lendemain avant neuf heures, il

sonnait chez Adolphe, qu'il trouva endormi.

— Tiens, lui dit-il en ouvrant avec peine ses yeux appesantis, est-ce que le feu est à Paris, qu'on vient me réveiller de si bonne heure?

— Ah! pardon, mon cher, mais je ne savais si tu serais chez toi dans la matinée, et je voulais te parler absolument.

— As-tu une affaire d'honneur, dit Gustave, tu peux compter sur moi.

— Non, je pense que tout se passera sans querelle; j'ai mis trop de loyauté à vous obliger tous, pour ne pas vous trouver à mon tour...

— Certes, dit Adolphe en étendant ses membres de toutes ses forces! pas un garçon plus généreux que toi, mon pauvre Julien; je n'oublierai jamais que tu as vendu un bon contrat de rente paternel et classique, pour m'empêcher d'aller coucher en prison, demeure très-romantique.

— Eh bien! mon ami, puisque tu te rappelles ce petit service, je n'ai qu'à te faire souvenir de la promesse que tu me fis alors, de me rendre, à ma simple demande, la petite somme que je te prêtai ; et, forcé d'user de toutes mes ressources à ce moment, pour rendre à ma bonne sœur une somme qu'elle a payée pour moi, pendant mon absence, je viens te prier de mettre à ma disposition les *dix mille francs* que tu me dois.

— Eh ! mon ami, ce serait avec un plaisir égal à celui que j'ai eu le jour où tu me les as prêtés, que je te rendrais tes dix mille francs ; mais je n'ai pas le sol, pas le plus mince denier à ma disposition. Bien loin de là, les maudits récors ne sont pas fatigués de me poursuivre ; ma peau a je ne sais quelle odeur appétissante qui les éverguillonne ; je ne puis faire prendre la fuite à ces maudits.

— Cependant, Adolphe, tu m'as donné ta parole, et je pense que tu ne me mettras pas dans la nécessité d'en douter.

—J'en serais au désespoir; mais je ne savais assurément pas ce que je faisais le jour où je t'ai promis de te rendre *dix mille francs*; et je ne conçois pas que tu aies été assez insensé pour croire que j'aurais un jour, à ma disposition, *dix mille francs*. Dix mille francs ! mais mon cher, j'ai besoin, pour cela, qu'il me meure un oncle et deux ou trois tantes, que mes créanciers ont en perspective ; attends, avec eux, ce fortuné moment, et tu seras satisfait; attends, mon ami, attends ; la patience est une vertu ; j'attends bien, moi!.. Allons, mon ami, bonsoir : si c'est pour cela que tu m'as réveillé, j'aime autant continuer ma nuit; bonsoir !

Le misérable s'endormit ; Julien sortit.

— Je comptais sur celui-là plus que sur les autres, dit-il, cela promet...

Il réfléchissait où il porterait ses pas, lorsqu'il vit un homme enveloppé d'une vaste redingotte, sous laquelle figurait un habit noir neuf et luisant. Cet homme avait du linge blanc, des gants noirs et un chapeau de forme sérieuse.

— Je ne me trompe pas, dit Julien ; c'est notre petit auteur que, si souvent, nous avons été applaudir à la Gaîté, dans les avant-scènes, où nous faisions, à huit, plus de bruit que le paradis en casquette de loutre, et le parterre en bonnet rond ; que lui est-il donc arrivé ? comme il est propre !... Eh ! bonjour, bonjour, mon cher Timon, où courez-vous donc ainsi paré et dispos ?

— Ah ! c'est vous, M. Julien, dit l'ex-auteur avec calme ; il y a bien long-temps qu'on ne vous a vu.

— J'ai voyagé, dit Julien ; et vous, vous avez eu de grands succès, sans doute ?

— Oh ! je ne m'occupe plus de théâtre, c'est une carrière perdue, tout le monde s'en mêle.

— Oui ; c'est contrariant de n'être pas seul

à avoir de l'esprit, dit Julien, ce serait plus commode.

— Ah ! si encore on ne rencontrait pas d'intrigues !

— Ce serait plus moral !... si , dans son nouvel emploi, il n'en craint pas, il est moins qu'un marchand d'alumettes, pensa Julien.

— Je suis attaché à un Ministère, dit Timon.

Julien recula de dix pas.

— Vous vous trouvez là sur une scène nouvelle, dit Julien.

— Avec de l'esprit, on se plie à tout.

— Oui, et avec de la souplesse dans le caractère, n'est-ce pas ?

— Adieu ! adieu ! M. Julien, réprit le nouvel employé avec un air pressé; il se fait tard, et je suis toujours le premier venu au bureau.

— Soyez le dernier sorti, mon cher, c'est ce que je vous souhaite. Certes, voilà un fonctionnaire public sous la figure d'un grand sot,

dit Julien. Ce marchand de petites idées sif-
flées par le peuple, qui décide peut-être des
questions graves qui le touchent !... Ah! c'est
impossible, entrons un peu chez Zélina, la
petite actrice qu'il accablait de ses mauvais
rôles, pour connaître le motif de cette méta-
morphose.

Il se fait annoncer chez la petite héroïne du
boulevard; et, toute joyeuse, elle le reçoit.

— Comment vont les amours et le talent ?
dit Julien en déposant, sur la joue fraîche et
jolie de la petite, un baiser amical.

— Très-mal, très-mal, répond Zélina. D'a-
bord, l'amour, j'y ai renoncé depuis que mes
amants sont devenus des grands seigneurs,
parce que les grands seigneurs d'aujourd'hui
ne se ruinent plus pour nous. Sous le prétexte que le straz fait autant d'effet le soir que
les diamants, on ne nous donne que des
pierres fausses. En vérité, il vaut presque autant, aujourd'hui, être bourgeoise qu'actrice ;

c'est un métier perdu, où il n'y a que de l'eau
à boire. La plupart de vos amis, monsieur Julien, font les honnêtes, il n'y a pas, jusqu'à ce
petit Timon qui, sous le prétexte qu'il est
entré au Ministère, m'a plantée là, comme son
chef a fait pour ma camarade; si bien que moi
j'ai pris un grand parti : j'ai dit adieu à tous
ces sournois, et je me suis mariée tout bonne-
ment avec un petit acteur de l'Ambigu. Nous
vivons en bons et braves gens, sans dettes ni
soucis, comme si nous étions faits pour cela. Et
vous, monsieur Julien, êtes-vous au pouvoir ?
comme ils l'appellent ?

— Moi, mon enfant, je ne suis rien du
tout.

— Vous êtes le bien-venu, alors; voyons,
nous apportez-vous un beau drame ?

— Moi !

— Vous feriez joliement bien, allez, nous
sommes terriblement pauvres; chaque homme

d'état qu'on fait nous enlève un mélodrame.
C'est embêtant, tout de même!

Ainsi, mes amis sont placés, dit Julien
en lui-même, je vais les voir et tâcher aussi
d'obtenir quelqu'emploi! cela complétera ma
réforme.

Julien promit à la jeune actrice de revenir
la voir, même quand il serait placé; et d'aller
l'applaudir dans son premier rôle.

— Vous aurez raison, monsieur Julien, car
il est bien mauvais.

Ils se dirent adieu.

Bien décidé à faire des démarches ministé-
rielles, Julien apprit qu'il comptait plus de dix
amis intimes en position de le servir. Il rentra
chez sa sœur, dîna avec bon appétit, fut charmé du petit ménage dont ses succès allaient
réparer les pertes, et pour mieux exprimer
son bonheur à Augustine, il la conduisit à un
petit théâtre où l'on donnait une pièce d'un
grand vaudevilliste.

— Vois donc, mon ami, lui dit Augustine, vois donc comme nous sommes heureux, depuis que nous n'avons rien. J'ai passé, pour la première fois de ma vie, une soirée tout entière avec toi, et encore une soirée où tu as paru t'amuser!... tu as ri, tu as pleuré, pleuré, quand ce bon petit frère dit à sa sœur : Je te vengerai! je serai ton soutien, je travaillerai pour te nourrir et te rendre heureuse ! Et moi je sanglottais ; mais, moi, je pleure toujours au spectacle : les amants heureux, les amants malheureux, les bons et les mauvais ménages, les enfants qui aiment leur mère, les mères qui aiment leurs enfants, tout cela me fait verser des pleurs ; il n'y a que l'adultère qui me trouve insensible. L'adultère! Oh! vois-tu, Julien, une femme qui trompe son mari est un monstre à mes yeux ; être épouse, et mépriser son bonheur, ce bonheur que Dieu vous a accordé comme par privilége, quand d'autres en sont privées ; ne pas se rendre digne de cette grâce, quand d'autres seraient si heureuses de vivre pour elle... c'est vicier l'air pur qu'on respire librement, tandis que des victimes étouffent dans des cachots; c'est jeter au vent le pain qui sauverait le pauvre de la mort; c'est dissiper des trésors, devant la misère qui demande l'aumône.

Je lui aurais jeté la première pierre, moi, à cette femme qui a trahi la foi jurée.

— Êtes-vous donc sans péché, ma chère Augustine? dit Julien. J'aperçois un petit grain d'envie dans votre morale... mais sois tranquille, va, je vais aller voir mes amis, et quand je me serai enrôlé avec eux, Lucifer s'en mêlera, ou il faudra bien que je te trouve un mari; que diable! dans la cargaison d'hommes griffonnant pour l'état, il s'en trouvera un, j'espère, heureux d'appartenir à ma sœur. Si je le trouve, je le prends à la gorge et te l'amène pieds et mains liés. Il faudra bien qu'il t'épouse.

— Vous croyez donc qu'il faudra forcer les gens ?

— Non, non, dit Julien, je pense que les attraits de mon Augustine suffiront pour tourner toutes les têtes.

— Moqueur ! dit Augustine en souriant.

Tous deux rentrèrent, et Julien s'endormit en pensant à commencer ses visites le lendemain, dès le matin.

Voyons, dit-il, en se réveillant, irai-je tout de suite m'adresser à Dieu, ou passerai-je par la filière des saints. Habillons-nous et agissons. Commençons par traverser les ponts, et par nous enfiler dans le labyrinthe des première, seconde, troisième divisions des Ministères ; je demanderai, j'irai voir Maurice à la première, Céran à la deuxième, Eugène à la troisième, et certes je ne rentrerai pas ce soir sans savoir à quoi m'en tenir. Ils m'aimaient de tout leur cœur, ces chers amis ; je les ai tous obligés, mais je ne leur parlerai pas du

tout d'argent; c'est à eux à me prévenir, et ils
me préviendront, j'en suis sûr. Ainsi, en réu-
nissant tout ce qu'ils me doivent, je ferai au
moins les quarante mille francs de ma bonne
sœur; avec mille écus de rente, Augustine se
trouvera heureuse; moi, avec ma place, je
vivrai très-bien. Mais quelle place va-t-on me
donner? à quoi suis-je bon? Ah! bah! pour
être commis, j'ai cent fois trop d'esprit; je
n'ai jamais pu apprendre la chicane, à cause
de mon imagination. Dans mon temps perdu,
au Ministère, je travaillerai pour le théâtre,
j'aurai de grands succès, je ferai des mélo-
drames en cinq actes, que je porterai à Zélina;
auteur et commis, je mangerai à deux rate-
liers. Ensuite le Ministre, qui m'aimait beaucoup autrefois, me donnera une de ces places
de confiance qui sont d'autant mieux payées
qu'elles ne figurent pas sur le budget; je me
dévouerai à la cause de mon Ministre, moi,
tout aussi bien qu'un autre; d'ailleurs j'aime

le dévouement ; je travaillerai jour et nuit pour sa gloire ; il me donnera un appartement dans son hôtel, un cabriolet à mes ordres, le plus beau cheval des écuries du Ministère, la confiance de sa femme et sa table : dans quelques années on me fera faire un bon mariage. Ma foi, il me semble que je suis devenu un grave personnage, depuis que je marche sur la route du pouvoir... Ah ! voici la porte du Ministère, entrons.

FIN DU TOME PREMIER.

ERRATUM.
A la page 130, 1837, *lisez :* 1831.